Buch

Für Karl Kessel beginnen die Sommerferien. Im internen Netzwerk der Polizei, in das er sich mal wieder verbotenerweise einloggt, stößt er auf eine interessante Meldung: Der Dirigent der Stuttgarter Staatsoper ist während einer Abendvorstellung tot in seiner Garderobe aufgefunden worden! Damit entwickeln sich die Ereignisse ganz nach Karl Kessels Geschmack, denn er wittert hinter dem Todesfall sogleich einen kaltblütigen Mord.

Umso besser, dass die Polizei offensichtlich anderer Meinung war, denn so konnte er ungestört ermitteln - zumindest theoretisch, denn zu seinem Entsetzen erfährt Karl, dass seine Mutter die Tochter ihrer besten Freundin für zwei Wochen zu ihnen nach Stuttgart eingeladen hatte. Diese Marlene fehlte ihm gerade noch!

Überraschenderweise entpuppt sich Marlene allerdings als hilfreiche Assistenz-Ermittlerin. Die beiden findigen Hobbydetektive decken eine unfassbare Geschichte auf und geraten bald selbst ins Visier der Verbrecher …

Autorin

Johanna Trommer, geboren 1981, wuchs in Stuttgart auf. Nach Beendigung ihres interdisziplinären Design-Studiums an der staatlichen Hochschule in Köln begann ihre berufliche Laufbahn als Redakteurin und Kinder- und Jugendbuch-Autorin. Aus der Idee, eine Kriminalgeschichte für Jugendliche in Stuttgart spielen zu lassen, entstand ihr erster Roman um den Computer-Nerd und Hobbydetektiv Karl Kessel – „Mord im Opernhaus“. Mit „Karl Kessel - Eine Leiche für die Katz“ geht es für den beliebten neuen Stuttgarter Detektiv in die zweite Runde.
Johanna Trommer lebt zusammen mit ihrer Familie in ihrer Heimatstadt Stuttgart.

Johanna Trommer

KARL KESSEL

Mord im Opernhaus

EIN STUTTGART-KRIMI

Neckarufer
Verlag

3. Auflage
Taschenbuchausgabe März 2017
Neckarufer-Verlag Stuttgart

Lektorat: Marlene Thurm, Stuttgart
Umschlaggestaltung und Illustration: Maria Bogade, Stuttgart
Computerfachmännische Beratung: Stefan Schlott
Satz: Johanna Trommer
Druck und Bindung:
Verlag Thorsten Lindemann, Offenbach
Printed in Germany
ISBN: 978-3-00-051579-8

www.neckarufer-verlag.de

Für
Johannes
und
Franz

Prolog

Die letzten Töne des zweiten Akts schwangen durch den Orchestergraben. Er ließ seinen Taktstock erschöpft sinken und nahm einen tiefen Atemzug. Die erste Runde hatte er hinter sich gebracht, und alles war gut gelaufen. Jetzt stand erst einmal eine Pause an. Heute war definitiv nicht sein Tag.

Als neuer Chefdirigent der Stuttgarter Staatsoper genoss er zwar einen hervorragenden Ruf, aber dieser Posten war extrem anstrengend. Zudem hatte er ständig Streit mit seiner Frau, er fühlte sich andauernd müde und schlapp, und dann war da noch diese unangenehme Sache mit seinem Kollegen, die ihm keine Ruhe mehr ließ. Aber da hatte er sich schließlich selbst hineinmanövriert. Sollte er bereuen, dass er so gehandelt hatte? Er wusste es nicht.

Den Mitgliedern des Orchesters nickte er kurz zu und verließ dann den Orchestergraben in Richtung Garderobe. Wenigstens zwanzig Minuten lang wollte er seine Ruhe haben. In der Dirigentengarderobe war es angenehm kühl und ruhig.

Er streifte seinen Frack ab, legte ihn über die Stuhllehne und setzte sich für ein paar Minuten. Mit geschlossenen Augen versuchte er, sich zu entspannen. Dann stand er wieder auf, um sich aus seinem Spind ein frisches, weißes Hemd zu nehmen. Das, welches er trug, war völlig durchgeschwitzt.

Er sah sie nicht kommen. Er bemerkte gar nichts, was nicht verwunderlich war, denn sie bewegte sich, ohne das leiseste Geräusch zu verursachen. Er spürte nur den brennenden Schmerz, der ihn plötzlich durchfuhr und sich blitzschnell in seinem Körper ausbreitete. Keuchend stand er da und starrte mit weit aufgerissenen Augen auf das, was er da am Boden sah. Rückwärts taumelnd versuchte er, sich irgendwo festzuhalten, fand aber keinen Halt. Ihm stockte der Atem. Dann merkte er, wie er die Kontrolle über sich verlor. Ein weiterer Stich, unerträglich schmerzhaft, durchfuhr seine Brust, dann sackte er zusammen und blieb reglos auf dem Boden liegen.

1

Es war dunkel, heiß wie in einer finnischen Sauna und es stank bestialisch. Karl hatte zwar eine Schwäche für Leichen und Verwesung, aber nicht in diesem Sinne. Die Herkunft zahlreicher Substanzen, die hier in der Hitze vor sich hin gammelten, war mit ziemlicher Sicherheit die Schulkantine.

Karl ließ die Augen geschlossen und konzentrierte sich auf die Rachepläne, die in seinen Gedanken in den schillerndsten Farben aufblühten: Ein Virus. Ein richtig schönes, das alle Daten auf den Gerätschaften, die seine drei idiotischen Mitschüler mit sich herumschleppten, unwiederbringlich zerstören würde. Aber das hatte Zeit. Er würde sein Rachesüppchen ganz in Ruhe kochen, schließlich hatte er die gesamten Sommerferien lang Zeit. Jetzt musste er erst einmal aus dem stinkenden Müllcontainer raus, in den seine Kameraden ihn nach Schulschluss hineinverfrachtet hatten.

„Schöne Sommerferien, Nerd-Karlchen!", hatte dieser bescheuerte Max noch gerufen, nachdem sie den Deckel des Containers zugeknallt hatten. Karl tat ihnen nicht den Gefallen zu schreien, zu strampeln oder sich sonst irgendwie zu wehren. Er hielt sich die Nase zu und wartete. Nach ein paar Minuten, die er immerhin sinnvoll für das Ausbrüten seines Rachefeldzuges genutzt hatte, stemmte er seine Turnschuhe in den weichen, glitschigen Müllberg und zog sich hoch. Er hoffte nur, dass seine Kumpanen sich bereits aus dem Staub gemacht hatten. Ansonsten würde er erneut zur Lachnummer, wenn er, mit Müllresten an den Kleidern, in den Haaren und an der Brille, aus dem Container stieg. Aber er hatte Glück: Sie waren fort. Karl kletterte aus der Mülltonne und machte sich auf den Heimweg.

Weit hatte er es nicht. Das Karlsgymnasium lag nur etwa sieben Gehminuten von seinem Zuhause entfernt. Dort angekommen, zog er naserümpfend seine Sachen aus, warf sie in die Wäschetonne und stieg unter die Dusche. Kühles Wasser war bei dieser ekelhaften Hitze so ziemlich das Beste, was es gab.

Seine Mutter war im Wohnzimmer und schenkte ihm kaum Beachtung. Umso besser. Er verzog sich in sein abgedunkeltes Zimmer und warf sich mit seinem Tablet aufs Bett. Die Rollläden waren bei ihm fast immer heruntergelassen, so dass es angenehm dunkel war und er möglichst wenig daran erinnert wurde, wie grell und heiß es draußen war.

Endlich hatten die Sommerferien auch in Stuttgart begonnen. Das bedeutete über sechs Wochen Schonzeit von den Einfaltspinseln in seiner Schule. Karls Klassenkameraden trieben sich bei dem Wetter wahrscheinlich im Freibad herum, gingen Fahrradfahren oder machten sonst irgendetwas in der Art, aber das interessierte Karl nicht im Geringsten. Vielmehr beschäftigte er sich damit, was er soeben entdeckt hatte. Endlich gab es eine interessante Nachricht unter den vielen langweiligen Polizei-Meldungen, die er oft neugierig durchstöberte: Ein Toter in der Stuttgarter Oper. Na, das war doch mal was.

Sofort lief Karls Aufmerksamkeit auf Hochtouren. Erst überflog er die knappen Infos hastig, dann las er sie noch einmal langsam. Der Dirigent des Orchesters der Staatsoper war nach der Pause während einer Abendvorstellung nicht mehr an seinem Pult aufgetaucht und kurz darauf mausetot in seiner Garderobe aufgefunden worden.

Nicht schlecht. Angeblich war es zu einem plötzlichen Herzstillstand gekommen, und die ersten Ermittlungen ergaben, dass es sich um einen natürlichen Todesfall handelte.

Karl lehnte sich zurück und wischte sich die Stirn ab. Diese Hitze war echt lästig. Obwohl er schon alles abgedunkelt hatte, war es für seinen Geschmack immer noch unerträglich heiß. Und das ging wahrscheinlich noch wochenlang so. Später würde er vielleicht nach Alaska oder so ziehen. Dann war endlich Schluss mit diesen elenden Sommermonaten, in denen man ständig nur durstig war und sich mit seinem eigenen Schweiß herumplagte. Aber wie dem auch sei, immerhin waren Ferien – und er hatte vielleicht etwas gefunden, womit er sich die Zeit vertreiben konnte.

Vermutlich, so hieß es in der Meldung über den Dirigenten, sei der Mann eines natürlichen Todes gestorben. Vermutlich. Das gefiel Karl. Vielleicht steckte etwas anderes dahinter, nämlich ein Verbrechen, und an diesem Punkt wurde die Sache spannend.

Karls kriminalistische Ader fing heftig an zu pochen. Abermals las er die Nachricht durch. Besonders viele Tatsachen waren dem kurzen Beitrag auf der Seite der internen Polizeimeldungen, die er verbotenerweise las, nicht zu entnehmen.

Der Dirigent war erst Anfang Vierzig gewesen, also keinesfalls in einem Alter, in dem man - so mir nichts dir nichts - tot umfiel. Karl hatte zwar keinerlei Ahnung vom Dirigieren, doch er konnte sich beim besten Willen nicht vorstellen, dass das Herumfuchteln mit einem Stab lebensbedrohlich sein sollte. Es bestand natürlich die Möglichkeit, dass der Mann krank gewesen war. Vielleicht hatte er Herzrhythmusstörungen gehabt oder war zuckerkrank gewesen oder hatte an sonst irgendeinem Leiden gelitten, das ihn letztendlich getötet hatte. Wer wusste das schon. Auf jeden Fall würde er, Karl, der Sache nachgehen. Ein toter Dirigent war doch für den Anfang der Sommerferien gar keine so schlechte Sache.

In Gedanken versunken machte er sich auf, um sich aus der Küche etwas zum Trinken zu holen. Er hatte schon wieder einen Höllendurst.

Als Karl sich am Wohnzimmer vorbeischlich, um seine Mutter erst gar nicht auf ihn aufmerksam zu machen, hörte er, dass sie mal wieder telefonierte. Sehr gut, dachte er. Im besten Fall quatschte sie mit ihrer Freundin, dieser hysterischen Maja, und würde damit eine ganze Weile beschäftigt sein und sich nicht um ihn kümmern. Kaum hatte Karl diesen Gedanken zu Ende gedacht, blieb er wie angewurzelt stehen, runzelte die Stirn und lauschte. Was hatte er da eben aufgeschnappt? Auf jeden Fall war sein Name gefallen, und das konnte er überhaupt nicht leiden. Jetzt spitzte er die Ohren, und seine gute Laune, die er eben noch gehabt hatte, befand sich plötzlich in einem gefährlichen Sinkflug und drohte jeden Moment, am Grund aufzukommen und krachend zu zerschellen. Karls Kiefer war vor Entsetzen heruntergeklappt und stand nun dümmlich weit offen – was eigentlich nicht zu ihm passte.

„Ja, ach, das wäre doch was“, säuselte seine Mutter gerade in ihr Handy. „Die beiden haben sich ja auch schon wieder eine ganze Weile nicht gesehen. Vielleicht schafft Marlene es ja, ihn ein bisschen aus der Reserve zu locken.“

Es war tatsächlich die hysterische Maja, mit der sich seine Mutter unterhielt. Das Problem war nur, worüber sie offenbar redeten. Maja war schon seit Ewigkeiten mit seiner Mutter befreundet und wohnte mit ihrem Mann und ihren zwei Kindern, die zwei unterschiedliche Väter hatten, in irgendeinem Kaff, etwa eine Autostunde von Stuttgart entfernt. Durch die einigermaßen sichere Entfernung blieben Karl häufige Zusammenkünfte glücklicherweise erspart. Maja war eigentlich ganz okay – jedenfalls ließ sie ihn meistens einfach in Ruhe und ging mit ihrer übermäßigen Beredsamkeit lediglich auf seine Mutter los –, aber Majas Tochter Marlene, die genauso alt war wie er, war nun mal ein Mädchen und allein deshalb schon uninteressant, und ihr kleiner Bruder Moritz war ein elendes Nervenbündel, dem Karl bei jedem Zusammentreffen am liebsten seinen rot behaarten Kopf abreißen würde.

Und jetzt so etwas! Seine Mutter plante doch tatsächlich, dass Marlene sie für zwei Wochen – zwei Wochen! – in Stuttgart besuchen sollte, um ihn „aus der Reserve zu locken". In Karl brodelte und schäumte es vor Wut. Jetzt war sie offenbar völlig übergeschnappt.

Wie von Sinnen stand er im Flur und schüttelte den Kopf. Nein … nein, nein, nein. Das konnte seine Mutter ihm nicht antun. Hastig biss er einen Moment lang auf seinen Fingernägeln herum, die bereits alle bis aufs Nagelbett abgekaut waren.

Dann stürmte er ins Wohnzimmer und baute sich vor seiner Mutter auf.

„Nein!", rief er. Etwas Besseres fiel ihm spontan nicht ein. Seine Mutter schien wegen seines plötzlichen Erscheinens überrascht und machte einen Gesichtsausdruck, als ob in ihrem Wohnzimmer ein Lama aufgetaucht wäre und drohte, sie zu bespucken. Dann fasste sie sich aber wieder – ganz im Gegenteil zu Karl, der seine Hände in die Hüften gestemmt hatte und dessen Nasenflügel bebten.

„Äh … Maja, wir reden später weiter. Es bleibt aber dabei … Karl ist gerade rein gekommen", sprach sie in ihr Smartphone. Eine kurze Pause entstand. Dann verabschiedete sie sich von ihrer Freundin mit einem kurzen „Ja, genau, bis später dann, ciao!".

Karls Mutter legte ihr Handy weg, rückte auf dem Sofa etwas zur Seite und wandte sich ihm zu. „Komm, Karl, jetzt beruhige dich erst mal und setz dich zu mir."

„Nein." Karl hatte Probleme, die richtigen Worte für seine unbändige Empörung zu finden. Der Schock saß zu tief.

„Also gut", sagte seine Mutter. „Hör mal. Ich habe Marlene zu uns eingeladen. Ihr könnt doch zusammen ein bisschen Stuttgart unsicher machen. Sie freut sich total auf einen Besuch bei uns."

Diese langweilige Marlene sollte sich auf einen Besuch bei ihm, Karl, freuen. Das war absolut lächerlich! Sie hatte noch nie das geringste Interesse an ihm bekundet, und das war ihm sehr recht.

„Was soll das, Mama?", sagte Karl barsch, wobei ihm die Brille auf seinem verschwitzten Nasenrücken herunterrutschte. „Ich will keinen Besuch! Und schon gar nicht von Marlene! Was soll ich mit Marlene?" Er machte ein angewidertes Gesicht.

„Du tust gerade so, als hätte ich dir vorgeschlagen, zwei Wochen auf einem Bauernhof zu arbeiten und Ställe auszumisten", bemerkte seine Mutter. „Nicht, dass dir das nicht gut tun würde …"

Karls Miene verzog sich zu einer Grimasse. Ställe ausmisten? Er schüttelte den Kopf und blinzelte ein paar Mal, um das Bild von sich selbst mit einer Mistgabel in der Hand und dreckigen Gummistiefeln an den Füßen auf einem Bauernhof wieder loszuwerden.

„Aber ... warum denn? Was soll Marlene denn hier? Die hat doch in ihrem Kaff genügend Freundinnen, mit denen sie ihren Mädchenkram machen kann. Wir haben doch überhaupt nichts miteinander zu tun!"

Karl überlegte fieberhaft, wie er seine Mutter von dieser absurden Idee abbringen konnte. Doch die Chancen dafür standen schlecht, das war ihm klar. Er sah die Katastrophe schon auf sich zurollen. Zwei Wochen mit Marlene. Womöglich sollte sie in seinem Zimmer schlafen. Was für ein Albtraum.

2

Es kam, wie befürchtet. Zwei Tage lang hatte Karl versucht, seine Mutter umzustimmen, aber vergeblich. Marlene würde kommen. Sie saß bereits im Zug auf dem Weg nach Stuttgart, und Karl wurde dazu verdonnert, mit zum Bahnhof zu fahren, um sie abzuholen. Er erwischte sich bei dem stillen Wunsch, der Zug möge entgleisen, aber das war leider unwahrscheinlich.

„Ach, Mama. Muss ich denn unbedingt mit? Es ist so heiß draußen …“, quengelte er. Die Hoffnung starb bekanntlich zuletzt.

„Keine Widerrede, du kommst mit, so wie wir es vereinbart haben. Schluss mit der Diskussion“, konterte seine Mutter. Sie räumte die letzten Putzmittel weg, mit denen sie die Küche auf Hochglanz poliert hatte – als käme die britische Königin zu Besuch. Den Rest der Wohnung hatte sie entgegen ihrer sonstigen Gewohnheiten auch schon auf Vordermann gebracht.

Von wegen vereinbart, dachte sich Karl. Nichts hatten sie vereinbart. Dennoch gab er auf. Wenn Marlene erst einmal hier war, würde er auf stur stellen. Sollte sie doch in Stuttgart machen, was sie wollte. Er würde ihr jedenfalls nicht dabei Händchen halten.

Mit einem Stöhnen bekundete er abermals seinen Widerwillen, winkte ab, ging in sein Zimmer und knallte die Türe zu. In zwanzig Minuten mussten sie los.

Der Zug rollte pünktlich in die Bahnhofshalle des Stuttgarter Hauptbahnhofs ein, auf dem seit dem Umbau in einen Tiefbahnhof alles drunter und drüber ging. Überall irrten schwitzende, oft unappetitlich riechende Zugreisende herum und schleiften ihre Rollkoffer hinter sich her. Obwohl es bereits früher Abend war, war es immer noch brütend heiß.

Entgegen aller Hoffnungen marschierte Marlene kurz darauf auch schon mit einem breiten Lächeln auf sie zu. Karl verzog keine Miene. Als sie mit ihrer riesigen Sporttasche bei ihnen angekommen war, fand eine herzliche Umarmung zwischen ihr und seiner Mutter statt. Daraufhin wandte sie sich ihm zu. „Hi Karl, wie geht's?", begrüßte sie ihn freundlich.

„Danke, prima", sagte Karl, drehte sich um und trottete davon.

„Er ist gerade nicht so gut drauf", hörte er seine Mutter sagen. „Er mag die Hitze nicht so. Aber ich bin mir sicher, ihr werdet Spaß haben zusammen!"

„Also ich mag den Sommer", sagte Marlene gut gelaunt. „Mir kann es kaum warm genug sein."

Auch das noch, dachte sich Karl, der vor den beiden her spazierte. Noch so eine, die gerne im Freibad in der Sonne herumlag und mit anderen unsinniges Geschwafel austauschte.

Zuhause angekommen, folgte Marlene Karl wie selbstverständlich in sein Zimmer, während seine Mutter in die Küche ging, um das Abendessen zuzubereiten.

„Ihr habt echt 'ne tolle Wohnung", sagte Marlene. Sie war schon ein paar Mal hier gewesen, jedoch immer nur zu kurzen, einigermaßen schmerzfreien Besuchen. „Ich mag die hohen Decken und vor allem den Stuck daran!"

„Aha", antwortete Karl, schmiss sich aufs Bett und schnappte sich sein Tablet. Er interessierte sich für alles Mögliche, aber sicher nicht für Stuck.

Auf der anderen Seite des Zimmers hatte seine Mutter schon eine Matratze und Bettzeug für Marlene hergerichtet.

„Ja, und noch so mitten in der Stadt. Das ist echt cool", redete sie unbekümmert weiter und sah sich in Karls Zimmer um.

Ihr Blick blieb zunächst an Karls Schreibtisch hängen, auf den zwei große Bildschirme und eine sonderbar geformte Tastatur platziert waren. Drumherum lagen diverse Gerätschaften, die ziemlich technisch aussahen und von Marlene nicht identifiziert werden konnten, sowie unzählige Kabel mit unterschiedlichen Steckern dran.

Sie runzelte die Stirn. Dann ging sie zum Fenster und zog den Rollladen hoch.

„Hey!", fuhr Karl sie an. „Finger weg. Die bleiben zu, ist das klar?"

Marlene sah ihn etwas irritiert an, zuckte dann aber mit ihren schmalen Schultern und sagte: „Ist ja schon gut.“ Der Rollladen glitt wieder hinab.

Karl hatte den Eindruck, dass es dringend notwendig war, ein paar Sachen klar zu stellen.

„Hör mal“, fing er an. „Die Rollläden sind für dich tabu, klar? Ebenso alle Geräte hier im Zimmer, die eine Tastatur, ein Touchpad, ein Kabel oder einen Akku haben.“

Er sah sich kurz um, um sicherzustellen, dass seine knappe Definition auch wirklich alles mit einbezog, woran keiner außer ihm herumzufummeln hatte. Dann wandte er sich wieder seinem Tablet zu.

„Ja, ja, keine Sorge“, sagte Marlene. „Ich interessiere mich sowieso nicht für den Kram.“

„Dann sind wir uns ja einig.“

Eine Weile sah Marlene Karl nur skeptisch an. Er versuchte, sie zu ignorieren, was ihm aber keinesfalls gelang.

„Was ist?“, fragte er unwirsch. „Was glotzt du so?“

„Ich frage mich nur, was mit dir los ist“, antwortete sie. „Du bist echt komisch drauf. Wir haben über sechs Wochen lang Ferien, es ist tolles Wetter draußen, und wir können machen, was wir wollen.“

Karl gab einen Grunzlaut von sich. Als ob es irgendetwas gäbe, was er ausgerechnet mit ihr machen wollte. Das schwerwiegende Problem war, dass sie ihn bei dem, was er machen wollte, extrem behinderte.

Jetzt bot sich ihm endlich die Gelegenheit, sich um einen aktuellen Mordfall – falls es denn einer war, was zugegebenermaßen erst einmal geklärt werden musste

– zu kümmern, und er sollte den Babysitter für Marlene spielen.

Angestrengt dachte er darüber nach, wie er sie loswerden konnte, aber leider musste er alle möglichen Methoden, die ihm einfielen, wie zum Beispiel in den Keller sperren oder einen Stromschlag versetzen, gedanklich wieder ad acta legen, da sie ihm eine Menge Ärger einbringen würden.

***

Nach dem Abendessen – Karls Mutter hatte sich richtig ins Zeug gelegt und leckere Hähnchenschenkel mit Pommes für sie zubereitet – verzog sich Karl wieder in sein Zimmer.

Wie nicht anders zu erwarten war, erschien Marlene bald darauf auch wieder – wie ein lästiges Haustier. Sie sagte nichts, sondern legte sich auf ihre Matratze und fing an, ein Buch zu lesen.

Wahrscheinlich so ein ödes Mädchenzeug, dachte sich Karl und widmete sich erleichtert wieder seinen Recherchen.

Im Fall Operndirigent waren leider keine Neuigkeiten aufzuspüren. Egal, welche verbotenen Quellen Karl auch anzapfte – er fand nichts.

Anscheinend hatte die Polizei entschieden, den Fall abzuschließen mit dem Ergebnis, der Dirigent sei einfach so und ohne Fremdeinwirkung in seiner Garderobe vor seinem Spind tot umgefallen.

Das war einerseits gut für Karl – so würden ihm, wenn er anfing, der Sache auf den Grund zu gehen, keine einfältigen Polizisten im Weg stehen. Andererseits ließ diese Tatsache doch ein wenig daran zweifeln, ob bei dem Todesfall in der Oper tatsächlich ein Mörder seine Finger mit im Spiel hatte. Aber Karl ging einfach mal davon aus. Er hatte das so im Gefühl. Alles andere würde seine Laune auch nur in noch tieferes Terrain befördern.

„Was machst du da die ganze Zeit?", fragte Marlene irgendwann.

Es war schon recht spät, und Karl hatte gehofft, sein nerviger Besuch würde irgendwann einfach einschlafen.

„Geht dich nichts an", entgegnete er, ohne von seinem Tablet aufzusehen.

Aber Marlene blieb hartnäckig. „Spielst du irgendein Spiel?"

Karl hätte beinahe lachen müssen. Spiele – das war nicht gerade sein Ding. „Nein", sagte er.

„Chattest du mit Freunden?"

Das war ja nicht zu fassen. „Kannst du nicht einfach weiterlesen und dich um deinen eigenen Kram kümmern?", erkundigte sich Karl.

„Ich habe keine Lust mehr. Das Buch ist nicht so besonders", sagte Marlene. „Was wollen wir denn morgen unternehmen?"

Jetzt sah Karl doch auf. Seine Augenbrauen waren weit bis über die Brillenränder heraufgezogen, und er starrte sie ungläubig an. „Was wir morgen unternehmen? Keine Ahnung, was du machst. Ich muss morgen in die Oper."

Im selben Moment, als ihm das Wort Oper über die Lippen glitt, ärgerte er sich maßlos, dass ihm das herausgerutscht war. Das hatte er Marlene natürlich nicht verraten wollen. So ein verdammter Mist. Jetzt würde sie garantiert weiterbohren.

Nun war es an Marlene, die Brauen erstaunt hochzuziehen. Gleichzeitig zuckte es amüsiert in ihren Mundwinkeln.

„In die Oper? Ach, das ist ja interessant! Ich wusste gar nicht, dass du dich für Opern interessierst. Also ich habe keine Ahnung von Opern. Meinst du die Staatsoper hier in Stuttgart?"

Karl stöhnte. Na, toll. „Ne, ich meine die Oper in Moskau", antwortete er.

Marlene machte so ein verdutztes Gesicht, dass Karl sich abermals das Lachen verkneifen musste. „Das war ein Witz."

„Ah", nickte Marlene, wobei ihre schwarzen Locken wippten. Sie lag immer noch auf ihrer Matratze, hatte ihren Kopf in die Hände gestützt und blickte zu Karl hinüber, der es sich auf seinem Bett gemütlich gemacht hatte.

Hübsch war sie schon, dachte sich Karl. Immerhin sah sie mit ihrer dunklen Haut, den beinahe schwarzen Augen und dem rabenschwarzen Haarschopf nicht so aus wie alle anderen.

„Und was gibt es da in der Oper? Du besuchst also eine Vorstellung? Mit wem denn? Darf ich mit? Das würde mich schon interessieren. Wir haben ja bei uns so was wie eine Oper nicht."

„Ja, das denke ich mir", sagte Karl und überlegte sich gleichzeitig, wie er aus diesem Schlamassel herauskam. Hätte er nur seine Klappe gehalten! Er richtete seinen Blick wieder starr auf seinen Bildschirm.

„Was ist denn jetzt?", fragte Marlene.

Sie würde garantiert nicht locker lassen. Und wenn sie das auch noch seiner Mutter erzählte …

„Hör mal, können wir das Thema nicht lassen?", fragte er.

„Nicht, so lange du nicht sagst, dass ich mitkommen kann."

„Du kannst aber nicht mitkommen. Ich besuche gar keine Vorstellung. Ich habe da etwas anderes zu tun." Karl biss sich auf die Lippen. Schon wieder ein unüberlegter Satz.

„Was zu tun?", kam es prompt zurück. „Was hast du denn da zu tun?"

„Sag mal, kannst du mich nicht einfach in Ruhe lassen?"

„Ach jetzt komm schon", sagte sie. „Erzähl mal. Das klingt spannend mit Oper und so."

Karl stöhnte abermals. Was sollte er jetzt machen? Ihr vielleicht sagen, dass das mit der Oper nur ein Witz gewesen war?

Aber so nervig Majas Tochter auch war, dumm schien sie nicht gerade. Das würde sie ihm sicher nicht abnehmen. Ihm fiel partout nichts Plausibles ein, was er ihr vorlügen konnte. Er war ohnehin ein miserabler Lügner.

Und wenn er einfach auf stur stellte und gar nichts mehr sagte? Er kniff die Augen zusammen und dachte nach.

Nein – das war vermutlich auch keine gute Lösung, denn dann würde sie höchstwahrscheinlich seiner Mutter von dieser Opernsache erzählen, und er könnte das Ganze endgültig in den Wind schreiben.

Wie er es drehte und wendete, er saß in der Tinte, und sein Verstand kam nach dem Konstruieren einiger komplizierter Verkettungen von Möglichkeiten und Unmöglichkeiten zum Ergebnis, dass es nur eine Möglichkeit gab.

„Also gut", fing er an. „Aber ich sage dir nur, was ich vorhabe, wenn du versprichst, absolut niemandem etwas davon zu erzählen."

Marlenes Augen wurden noch größer, als sie es ohnehin waren. Mit so einem Geheimnis hatte sie offenbar nicht gerechnet.

„Okay, gut!", sagte sie hastig. „Erzähl!"

Und Karl erzählte von seinem intensiven Hang zur Kriminalistik, seinen ausgeprägten Hacker-Fähigkeiten, die ihm größtenteils sein Vater – der leider in Köln wohnte und dort als IT-Spezialist tätig war – beigebracht hatte, und schließlich von seinem Verdacht, dass in der Stuttgarter Oper ein Dirigent einem Mörder zum Opfer gefallen war, und dass er vorhatte, in der Sache zu ermitteln, obwohl die Polizei davon ausging, dass nichts weiter dahintersteckte.

„Und morgen will ich in die Oper und mit ein paar Musikern aus dem Orchester sprechen. Zunächst will ich versuchen herauszufinden, ob dieser Dirigententyp irgendeine Krankheit oder so was hatte. Falls nicht, spräche das auf jeden Fall für meine Theorie, denn warum sollte jemand um die Vierzig einfach tot umfallen?"

3

„Bist du sicher, dass wir hier richtig sind?", wollte Marlene wissen.

Karl blickte sich zu ihr um und verdrehte die Augen. „Halt einfach die Klappe, ja?"

Durch den Künstlereingang an der Konrad-Adenauer-Straße hatten sie die Oper betreten, waren unbekümmert und unbehelligt an dem Pförtner im Eingangsbereich vorbeigeschlendert und hatten sich rechts gehalten, um über das Treppenhaus ins Untergeschoss zu gelangen. Offensichtlich war dieser Bereich nicht für Besucher, sondern nur für die Künstler und Angestellten der Oper vorgesehen.

Jetzt wirkte alles wie ausgestorben.

Der Gang führte sie ein paar weitere Stufen hinab und an einem großen Schwarzen Brett mit teilweise übereinander gehefteten Notizen, Anfragen und Angeboten vorbei. Kurz dahinter befand sich eine Glastür.

Marlene zupfte Karl am Ärmel, so dass dieser gezwungen war, stehen zu bleiben. „Hey, jetzt warte doch mal", sagte sie leise. „Was willst du denen eigentlich gleich sagen?"

Karl hatte über das interne Netz der Oper, in das er sich aufgrund eines Programmierfehlers ohne Probleme hatte einloggen können, herausgefunden, dass an diesem Vormittag eine mehrstündige Orchesterprobe stattfinden würde. Für 11.30 Uhr war eine Pause angesetzt, und das war in fünf Minuten.

So weit so gut. Marlenes Frage war allerdings durchaus berechtigt. Er wusste tatsächlich noch nicht, wie er aus den Musikern die Informationen herauskitzeln sollte, die er haben wollte. Das war der Schwachpunkt an seinem Plan.

„Keine Ahnung, aber mir wird schon was Passendes einfallen", erwiderte er, obwohl er sich da gar nicht so sicher war. Das schien Marlene zu merken, denn ihre Augen verengten sich und sie legte ihren Kopf schief, als sie sagte: „Ah ja. Na, das klingt ja nach einem rausgeklügelten Plan, Sherlock Holmes."

Karl schluckte. Wieder erwachten in ihm Theorien, wie er Marlene loswerden könnte – zum Beispiel, indem er mit ihr auf die Königsstraße marschierte und sich dann aus dem Staub machte. Oder indem er sie in den Müllcontainer sperrte, mit dem er selbst kürzlich das Vergnügen hatte.

Dann atmete er einmal tief durch und wandte sich ohne einen Kommentar von ihr ab.

„Sag mal, wie bist du eigentlich an die Probenpläne gekommen? Da können doch bestimmt nur Mitarbeiter drauf zugreifen, oder?", wollte Marlene jetzt wissen.

Links von ihnen war der Eingang zum Orchestergraben. Dahinter ertönten die weichen Klänge einiger singender Celli.

Karl grinste. „Das war so einfach, dass mir fast langweilig dabei wurde“, antwortete er. „Erst mal habe ich mit ZAP die URL vom internen Netz der Oper ausfindig gemacht. Dann brauchte ich mich nur noch um die Passworteingabe herum zu mogeln.“

Marlene sah einigermaßen beeindruckt aus, was Karl ein wenig schmeichelte.

„Und wie hast du das gemacht?“, fragte sie. „Und was ist ZAP?“

„ZAP ist ein Programm und nennt sich Zed Attack Proxy“, erklärte Karl leise. „Das Reinhacken war ein Kinderspiel. Die haben nämlich ein Problem mit der SQL-Injection.“

„Hä?“, fragte Marlene.

Karl überlegte, wie er einem Mädchen, das wahrscheinlich gerade mal die WhatsApp-Eingabe auf seinem Smartphone beherrschte, um mit Freundinnen irgendeinen Mist auszutauschen, einigermaßen verständlich machen konnte, wie man sich in ein passwortgesichertes Firmennetz einschlich. Im Falle der Oper war es recht unkompliziert gewesen.

„Das heißt, dass ein Programmierfehler vorliegt“, erläuterte er und beobachtete Marlene, um an ihren Gesichtszügen abzulesen, ob sie wenigstens so weit folgen konnte. Anscheinend konnte sie das nicht, weshalb er versuchte, es noch simpler auszudrücken: „Also … Die Datenbankabfrage war wohl blöd programmiert, so dass ich sie austricksen und einfach ohne Passwort reingekommen bin.“

Marlene wollte gerade etwas erwidern, als sich die große schwarze Tür neben ihnen öffnete und ein Grüppchen Musiker herauskam.

Marlene und Karl gingen instinktiv ein paar Schritte zurück in die Richtung, aus der sie gekommen waren. Sie wollten erst mal nicht auffallen.

„So, und jetzt?“, flüsterte Marlene.

„Jetzt nehmen wir die Sache in Angriff“, antwortete Karl.

Obwohl es hier unten in der Oper deutlich kühler war als draußen, standen ihm die Schweißperlen auf der Stirn und auf dem Nasenrücken und brachten ständig seine Brille zum Rutschen.

„Ah, gut“, sagte Marlene und nickte. „Na, dann los. Ich folge dir unauffällig.“

Damit drehte sie sich um und ging in Richtung Orchestergraben. Karl blieb gar nichts anderes übrig, als sich ihr anzuschließen, sie möglichst optimistisch dreinblickend zu überholen und zielgerichtet auf einige Musiker zuzugehen, von denen immer mehr den Gang füllten.

Vor einem Dreiergrüppchen, das sich am Schwarzen Brett versammelt hatte und plauderte, blieb er stehen.

„Äh, entschuldigen Sie bitte“, fing er an und rückte nervös seine Brille zurecht.

Marlene ahnte bereits, dass das nichts werden konnte, sagte aber nichts, sondern lächelte nur.

„Also, es ist so“, redete Karl unbeholfen weiter. „Es ist ja kürzlich Ihr Dirigent während einer Vorstellung gestorben.“

Die drei Musiker – eine sehr kleine, zierliche Dame asiatischer Herkunft und eine blonde, die mindestens das doppelte Volumen ihrer Kollegin mit sich herumtrug, sowie ein langer, hagerer Typ mit Lockenkopf und einer goldgerahmten Brille – waren verstummt und sahen Karl erwartungsvoll an. Der suchte nach den richtigen Worten, fand aber keine.

Da sah Marlene den Moment gekommen, einzugreifen.

„Ja, es ist so“, sagte sie und lächelte die Musiker dabei gewinnend an. „Mein Klassenkamerad und ich müssen für die Schule eine Projektarbeit machen. Über die Sommerferien sollten wir uns überlegen, welchen Beruf wir einmal ergreifen wollen und dann in diesem Bereich eine praktische Übung machen. Im Nachhinein müssen wir natürlich alles schriftlich dokumentieren und am besten noch mit Fotos belegen. Also jedenfalls möchten wir beide mal gerne zur Polizei, und zwar am liebsten zur Mordkommission.“

Während Marlenes Lügengeschichte immer nuancenreicher wurde, erwischte Karl sich dabei, wie er sie dümmlich anstarrte. Dann riss er sich aber zusammen, spielte das Spiel mit und nickte immer mal wieder zustimmend und murmelte „Ja, genau …“

„Nun ist ja hier kürzlich Ihr Dirigent umgekommen“, fuhr Marlene fort. Sie zuckte ob ihrer hanebüchenen

Geschichte nicht mit der Wimper und wirkte erstaunlich glaubwürdig. „Wir wissen natürlich, dass das kein Mord war. Aber wir können ja nicht in einem echten Mordfall ermitteln und dachten uns deshalb, dass wir zumindest so tun könnten, als würden wir versuchen, einen Mordfall aufzuklären. Deshalb wollten wir Ihnen ein paar Fragen stellen. Wir nehmen einfach mal an, dass es sich um Mord handelt."

An dieser Stelle legte Marlene eine kurze Pause ein. Dann fügte sie abschließend hinzu: „Wir hoffen natürlich sehr, dass Sie das nicht unmoralisch oder so finden. Es tut uns übrigens sehr leid, dass dieser tragische Unfall passiert ist."

Karl staunte nicht schlecht. Die Geschichte klang zwar schon etwas schräg, aber sie war nicht übel. Vielleicht kamen sie damit ans Ziel.

Und tatsächlich: Die drei Künstler sahen sich zunächst etwas überrascht gegenseitig an; dann zuckte der große Dünne mit den Schultern und wandte sich an Marlene und Karl. „So, so. Das ist ja eine interessante Idee. Ich kannte Sebastian Hanselmann nicht besonders gut. Aber wenn ihr wollt, kann ich versuchen, eure Fragen zu beantworten." Er lächelte.

Jetzt war Karl an der Reihe. „Sehr gut. Vielen Dank", sagte er. „Wie heißen Sie, wenn ich fragen darf? Und welches Instrument spielen Sie im Orchester?"

Karl hatte inzwischen sein Tablet gezückt und fuhr in eindrucksvollem Tempo über sein Touchpad, um die Aussage des Mannes festzuhalten.

Der Mann lächelte noch immer. Offensichtlich fand er die Sache originell. „Ich heiße Olaf von Huysen und bin Cellist."

„Mhm …", murmelte Karl, während seine schmalen Finger über das Touchpad glitten. Dann sah er auf. „Wissen Sie oder vielleicht Sie beide", – damit meinte er die beiden Damen, die das Gespräch aufmerksam verfolgten – „ob Herr Hanselmann an irgendeiner Erkrankung litt?"

Die drei wechselten einige Blicke miteinander, die ratlos wirkten, und wackelten dann im Trio verneinend mit den Köpfen.

„Nein, nicht dass wir wüssten", sagte die Blonde.

„Herr Hanselmann war, soweit wir wissen, gesund. Aber wie gesagt – wir kannten ihn nicht besonders gut", fügte Herr von Huysen hinzu. „Er war noch nicht lange hier an der Oper engagiert und erst kürzlich zum Chefdirigenten ernannt worden."

Karl hakte noch einmal nach. „Es könnte ja sein, dass er Herzprobleme hatte oder irgendeine chronische Erkrankung", sagte er. „Sie haben davon also nie etwas gehört oder mitgekriegt?"

Abermals schüttelten die drei ihre Köpfe.

Dann wandte sich Herr von Huysen plötzlich um, ließ seine Blicke über die herumstehenden Kollegen schweifen, hielt dann inne und rief kurz darauf: „Gerhard! Komm doch mal rüber. Hier sind zwei Schüler, die deine Hilfe brauchen."

„Wer ist Gerhard?", wollte Karl sogleich wissen.

Marlene fand, dass Karl ruhig ein bisschen freundlicher sein könnte, aber das konnte sie ihm in diesem Moment schlecht vermitteln. Wenigstens bemühte sie sich, immer nett und dankbar zu wirken.

„Gerhard Schlosser. Er ist Flötist und kannte Hanselmann etwas besser. Die beiden kennen sich noch von früher. Vielleicht kann er euch weiterhelfen."

Herr Schlosser war bei ihnen angekommen und sah sie fragend an. Freundlicherweise übernahm es der hilfsbereite Cellist, seinem Kollegen ihr Anliegen zu erklären und fragte ihn dann: „Die beiden finden es wichtig zu erfahren, ob Hanselmann irgendeine Krankheit hatte, die vielleicht für seinen Tod verantwortlich sein könnte."

Der Flötist kratzte sich an seinem nur spärlich behaarten Kopf und sagte dann: „Nein. Nein, nicht dass ich wüsste. Jedenfalls hat er mir nichts davon erzählt. Aber ich finde, er wirkte immer topfit. Nur manchmal … na ja, ich habe ihn schon mal irgendwelche Tabletten schlucken sehen, aber die waren bestimmt nur gegen Kopfschmerzen. Und wir waren ja auch hin und wieder abends das eine oder andere Gläschen trinken … Also, nein, ich denke nicht. Ich kenne übrigens auch seine Frau Ingrid. Die Ärmste. Es ist wirklich sehr tragisch …"

„Verstehe", sagte Karl. „Seine Frau – sie heißt Ingrid Hanselmann?"

„Ja", nickte der Flötist.

„Würden Sie uns noch bitte beschreiben, was genau passiert ist, als Herr Hanselmann … umkam?", wandte sich Karl direkt an Herrn Schlosser.

Dieser kratzte sich erneut am Kopf, bevor er antwortete: „Na ja, da gibt es eigentlich nicht viel zu erzählen. Das gesamte Orchester saß nach der Pause – wir spielten an dem Abend *Die Zauberflöte* – schon wieder an seinem Platz, und das Publikum wartete darauf, dass es weiterging. Der einzige, der fehlte, war Hanselmann. Als der nach weiteren fünf Minuten und mehrfacher Aufforderung durch die Lautsprecher im Opernhaus noch immer nicht da war, wurden natürlich alle unruhig. Wir Orchestermusiker unternahmen nichts weiter – schließlich gingen wir davon aus, dass er jeden Moment zurückkommen und es weitergehen würde. Dann hörten wir hier unten ein paar weitere Minuten später von oben auf der Bühne die Durchsage, dass die Vorstellung abgebrochen werde, weil Meister Hanselmann leider indisponiert sei.

Später kam heraus, dass Elena Maranelli, eine unserer Sopranistinnen, Herrn Hanselmann tot in seiner Garderobe aufgefunden hatte – offenbar war er einem Herzinfarkt erlegen."

Der Flötist ging kurz in sich und überlegte, dann fuhr er fort: „Sonst weiß ich nur noch, dass der Opernarzt, der an diesem Abend zugegen war, Hanselmann für tot erklärte. Gestern habe ich mit seiner Frau gesprochen und ihr mein Beileid ausgesprochen. Sie sagte nicht viel, nur, dass der Leichnam ihres Mannes auf dem Pragfriedhof sei und dass auch die Beerdigung dort stattfindet, und zwar morgen um elf Uhr. Einige Orchestermitglieder werden bei der Beerdigung spielen."

Karl hielt alles Relevante auf seinem Tablet fest und nickte zufrieden.

„Vielen Dank. Eine Frage habe ich noch", sagte er dann. „Wissen Sie, wo Herr Hanselmann wohnte? Würden Sie uns seine Adresse nennen?"

Nun kniff Herr Schlosser die Augen zusammen und verzog sein Gesicht zu einer Grimasse. „Ich denke, das ginge zu weit. Wisst ihr, Frau Hanselmann befindet sich natürlich in tiefer Trauer. Es wäre nicht angemessen, sie in dieser schwierigen Zeit wegen eines Schulprojekts zu befragen."

Karl sah den Mann beleidigt an.

„Ach, wissen Sie", schaltete sich da Marlene wieder ein. „Da haben Sie natürlich vollkommen Recht. Aber vielleicht ist Frau Hanselmann ja auch dankbar, wenn jemand da ist, um mit ihr über diese schlimme Sache zu reden."

Das war vielleicht ein bisschen weit hergeholt, aber auch Marlene fiel in dieser Situation nichts Besseres ein. Und leider blieb es auch dabei – die Adresse des toten Dirigenten wollte keiner rausrücken.

Dennoch befand Karl das Ergebnis ihrer Befragung als zufriedenstellend.

„Also gut, ich verstehe", sagte er. „Aber dürften wir vielleicht noch einen Blick auf den Ort des Geschehens werfen?"

Der lockige Cellist verzog das Gesicht und fletschte dabei wie ein Schimpanse seine deutlich zu lang geratenen Zähne. „Das geht leider nicht. Die Dirigenten-Garderobe ist abgeschlossen. Da kommt derzeit keiner rein."

Karl sah von Huysen an, als hätte er Bemitleidenswertes gesagt. Dann blinzelte er kurz und sagte: „Äh ja, das ist schade, aber verständlich. Aber vielleicht können Sie uns mitteilen, wo sich diese Garderobe befindet? Ach, und dann wüsste ich noch gerne: Wer besetzt jetzt den Posten des Chefdirigenten?"

Hier zeigte sich der Cellist hilfsbereit. „Die Garderobe befindet sich hier unten, gleich in diesem Gang hier, die dritte Türe gegenüber von den ganzen Briefkästen", antwortete er und zeigte in die besagte Richtung. „Und der Chefdirigent – nun, das wird wohl Paolo da Silva werden. Er sollte diese Stelle eigentlich schon vorher bekommen, trat aber überraschend von seiner Bewerbung zurück, so dass der Posten für Hanselmann frei wurde. Ach, übrigens", sagte van Huysen und zwinkerte Karl und Marlene dabei verschwörerisch zu. „Hanselmann und da Silva hatten kürzlich einen Streit miteinander. Ich weiß aber nicht, worum es da ging. Das könnte doch für eure Ermittlungen interessant sein?"

„So so …", murmelte Karl und bemühte sich um ein tragisch-freundliches Lächeln, das ihm völlig misslang, wie er selbst bemerkte. „Ja, das ist es vielleicht. Vielen Dank jedenfalls für Ihre Hilfe!"

Olaf van Huysen, Gerhard Schlosser und die beiden Damen nickten ihnen zu, und Karl und Marlene verabschiedeten sich und trotteten in Richtung Treppenhaus davon.

„Die Pause ist gleich zu Ende“, flüsterte Karl. „Sobald die wieder herumdudeln, nehmen wir uns Hanselmanns Garderobe vor.“

„Was?“, entgegnete Marlene entsetzt. „Aber du hast doch gehört, was der Typ gesagt hat. Das geht nicht …“

„Wetten, dass das geht? Eine verschlossene Tür … dass ich nicht lache.“

Als die Luft rein war, schlichen sie sich in den langen Gang, der ein paar Schritte vor dem Eingang in den Orchestergraben nach rechts führte. Vor der richtigen Tür angelangt, zückte Karl ein massives Multifunktionswerkzeug, klappte einen metallenen Spieß heraus und machte sich an dem Schloss zu schaffen. Marlene stand daneben und blickte immer wieder nervös von links nach rechts und von rechts nach links.

„Ich weiß nicht, Karl … wenn uns dabei jemand erwischt …“, flüsterte sie, doch er antwortete nicht darauf.

Kurz darauf verkündete ein leises Klicken, dass das Schloss entriegelt war.

Karl stupste die Tür auf, wies Marlene an, draußen zu bleiben und ihm ein Klopfzeichen zu geben, falls irgendjemand vorbeikommen sollte, verschwand daraufhin in der Dirigentengarderobe und machte die Tür von innen zu.

Am Tatort, wie Karl den Raum in Gedanken bezeichnete, konnte er jedoch nichts Auffälliges entdecken. Die Garderobe war aufgeräumt und wirkte kahl.

Es gab einen Tisch, der an der Wand stand. Davor

stand ein Stuhl und darüber hing ein großer Spiegel. Auf der anderen Seite des kleinen, länglichen Raums stand ein einfacher Doppel-Spind mit grauen Türen, die angelehnt waren.

Karl öffnete die Türen und musste enttäuscht feststellen, dass die Schränke leer waren. Nichts deutete auf einen Kampf oder Ähnliches hin. Es gab leider gar nichts, was er näher hätte untersuchen können oder was einen Hinweis auf einen Mord hätte geben können. Karl klappte die Schranktüren wieder zu und nahm nochmal aufmerksam alles unter die Lupe. Nein, da war nichts. Es wirkte, als wäre hier nach Hanselmanns Tod gründlich aufgeräumt und geputzt worden.

„So ein Mist", murmelte er. Er wollte schon aufgeben, wandte sich aber noch einmal dem Tisch und dem darüber hängenden, eingerahmten Spiegel zu. Mit der Hand fuhr er unter der Tischplatte entlang. Nichts. Dann griff er vorsichtig nach dem Spiegel und löste ihn am unteren Rand ein paar Zentimeter von der Wand. Auch darunter war leider nichts versteckt.

Wäre ja auch zu schön gewesen, dachte er sich. Das war leider keine besonders aufschlussreiche Tatort-Inspizierung gewesen. Aber dann mussten sie eben woanders suchen.

Vorsichtig öffnete er die Tür zum Gang und lugte hinaus. Marlene nickte ihm zu – er konnte also rauskommen.

***

„Und, hast du was entdeckt?“, wollte Marlene sofort wissen, als sie die Oper verlassen hatten.

„Leider nicht. Aber an der Sache ist irgendwas oberfaul, das sage ich dir. Und wir werden noch herausfinden, was.“

Marlene grinste. Er hatte *wir werden* gesagt. Sie hatte inzwischen Gefallen an der Sache gefunden – auch wenn sie noch lange nicht davon überzeugt war, dass dieser Sebastian Hanselmann heimtückisch getötet worden war. Sie hielt das eher für unwahrscheinlich.

„Okay. Und was jetzt?“, erkundigte sich Marlene, nachdem Karl eine Weile lang auf den Boden gestarrt und geschwiegen hatte.

Sie waren von der Oper aus am Eckensee und am Kunstverein vorbei zum Schlossplatz spaziert und hatten sich dort ein schattiges Plätzchen auf einer Bank gesucht, um das weitere Vorgehen zu besprechen. An einem Stand im Königsbau hatten sie sich vorher mit kühlen Getränken versorgt.

„Jetzt müssen wir erst mal die Leiche untersuchen“, antwortete Karl sachlich, und er meinte es allem Anschein nach ernst.

Marlene sah ihn entgeistert und mit heruntergeklapptem Kiefer an.

„Du spinnst“, erwiderte sie.

„Keineswegs. Wenn wir weiterkommen wollen, müssen wir die Leiche sehen. Das könnte uns entscheidende Hinweise liefern. Ich weiß nur noch nicht, wie wir das anstellen sollen“, gab Karl zu und ließ seine Blicke über den Schlossplatz schweifen, auf dem sich zahllose Menschen tummelten. Es sah aus wie in einem dieser Wimmelbücher für Kinder.

Sie hatten den restlichen Tag Zeit, um sich um den Fall zu kümmern. Karls Mutter würde erst abends nach Hause kommen. Sie arbeitete als Krankenschwester im Klinikum Stuttgart und hatte teilweise sehr unterschiedliche Arbeitszeiten. Beim Frühstück war sie begeistert gewesen, als Karl ihr eröffnete, er wolle mit Marlene heute durch die Innenstadt ziehen und ihr ein paar Sachen zeigen.

„Also ich weiß nicht", sagte Marlene und runzelte die Stirn. „Das geht ein bisschen zu weit, findest du nicht?"

Karl sah sie an, als hätte sie etwas grenzenlos Dummes gesagt. „Ich dachte, du wolltest mitmachen bei der Sache. Machst du dir jetzt in die Hose wegen einer Leiche?"

Karl tat so, als ginge es anstatt um einen toten Menschen um einen Käsekuchen.

„Äh … ich … nein, nein", antwortete Marlene, die sich einmal mehr dachte, dass Karl echt einen Dachschaden hatte. Allerdings einen, der ihn in gewisser Weise interessant machte.

Dennoch fand sie die Vorstellung, eine Leiche zu besichtigen, nicht gerade reizvoll. Es reichte ihr vollkommen, wenn sie so etwas im Fernsehen sah. Das wollte sie Karl aber nicht auf die Nase binden, sonst wurde er gleich wieder ungehalten.

Karls Blick glitt in die Ferne und verharrte an irgendeinem unbestimmten Punkt.

„Ich finde Leichen ziemlich cool“, sagte er. „Sie sind so friedlich … und sie nerven nicht.“

4

Marlene wusste nicht so recht, was sie dazu sagen sollte.

„Wir haben nicht viel Zeit“, stellte Karl fest, dessen Blick irgendwo in der Ferne an einem der Stuttgarter Hügel festhing.

„Zeit wofür?“, fragte Marlene.

„Zeit, um die Leiche zu untersuchen. Morgen ist ja schon die Beerdigung.“

„Mhm“, meinte Marlene. „Wo ist denn dieser Hanselmann jetzt?“

„Hat doch der Typ vorhin gesagt – auf dem Pragfriedhof.“

Marlene verzog ihr Gesicht zu einer angewiderten Grimasse. Sie hatte sich noch nie überlegt, was eigentlich mit einer Leiche geschah, bevor sie bestattet wurde.

„Und der liegt dann da einfach rum, oder wie?“

„Mehr oder weniger schon, ja. Allerdings gut gekühlt“, erklärte Karl. „Sobald der Tod eintritt, beginnt im Körper des Toten nämlich die Zersetzung, das heißt, es kommt zur Gärung und im ganzen Körper verteilen sich Bakterien und fangen an, die Innereien in Kohlendioxid, Wasser, Methan, Alkohol und organische Säuren umzuwandeln. Wenn man dagegen nichts tut, entstehen Gase und blähen den ganzen Körper auf. Das ist nicht so schön. Und es stinkt. Deshalb also der Kühlraum. Da hat es, glaube ich, um die drei Grad." Karl kratzte sich an seiner verschwitzten Nase, rückte seine Brille zurecht und fing an, nachdenklich an seinen Fingernägeln zu kauen.

Marlene starrte ihn mit weit aufgerissenen Augen und bis unter den Haaransatz hochgezogenen Brauen an. „Was?", kommentierte sie seine Erklärung. „Wie ekelhaft! Woher weißt du das alles?"

„Hab ich mal irgendwo nachgelesen. Ich hab doch gesagt: Ich mag Leichen."

„Aha. Und magst du sie auch, wenn sie stinken?"

„Natürlich, warum denn nicht? Es gibt Schlimmeres."

Marlene rümpfte ihre zierliche Nase und schüttelte langsam den Kopf. „Also du bist echt schräg, Karl. Hast du schon mal eine richtige Leiche gesehen?"

Karl schüttelte den Kopf und wirkte dabei ehrlich enttäuscht. „Nein, leider nicht. Aber ich habe viel darüber gelesen."

***

Hätte Karls Mutter geahnt, was ihr Sohn und die Tochter ihrer besten Freundin im Schilde führten, wäre sie nicht eben begeistert gewesen.

Doch sie hatte keinen blassen Schimmer und war bestens gelaunt, als sie hörte, dass die beiden fast den

ganzen Tag in der Stadt und somit an der frischen Luft verbracht hatten. Marlene erzählte begeistert, was sie alles gesehen und erlebt hatten. Dabei ließ sie alles, was mit dem toten Dirigenten zu tun hatte, aus, spickte dafür aber ihre Schilderungen mit Lügengeschichten, die in ihrer Detailgetreue selbst Jakob dem Lügner Konkurrenz gemacht hätten.
Karl gab sich währenddessen ruhig und staunte über die blühende Fantasie des Mädchens. Er hätte seiner Mutter sicher nicht so glaubhaft vermitteln können, dass er den ganzen Tag lang für seinen Besuch vom Land den Stadtführer gespielt hatte. Insgeheim wunderte er sich doch ein wenig, dass seine Mutter Marlene das alles abnahm.

***

„Du willst das echt durchziehen, oder?“, flüsterte Marlene später, nachdem die beiden sich in Karls Zimmer zurückgezogen hatten. Sie kannte die Antwort zwar, sah aber der Unternehmung, die sie sich vorgenommen hatten, mit ziemlich gemischten Gefühlen entgegen.

„Na klar“, nuschelte Karl, der ihr gegenüber auf dem Boden saß und zum x-ten mal den Grundriss vom Pragfriedhof im Stuttgarter Norden unterhalb vom Pragsattel studierte.

Ohne aufzuschauen, fügte erhinzu: „Wir müssen über das Tor am Eingang an der Heilbronnerstraße klettern. Von dort aus kommen wir relativ schnell zu dem Gebäude mit der Leichenhalle und dem Krematorium.“

„Ich weiß", sagte Marlene. „Du wiederholst dich. Sag mal, du musst doch diese Karte jetzt langsam auswendig kennen, oder?" Ungeduldig sah sie Karl an. Ihr wurde allmählich langweilig.

„Fast, aber noch nicht ganz. Einer von uns muss ja eine Idee davon haben, wo wir hin müssen. Nachts auf einem bewachten Friedhof stehen und ahnungslos und mit der Taschenlampe in der Hand den Weg suchen, kommt nicht so gut. Und du bist ja anscheinend nicht so fürs Kartenstudieren."

Marlene grinste. Da hatte er allerdings Recht. Wenn sie einmal etwas suchte, benutzte sie lieber das Navi auf ihrem Smartphone. Karten, Grundrisse und alles, was damit zusammenhing, waren für sie ein Buch mit sieben Siegeln und außerdem etwas, das in längst vergangene Zeiten gehörte und somit in der Gegenwart nichts zu suchen hatte. Sie brauchte eine Weile, bis sie wusste, wie rum sie einen Plan überhaupt in die Hand nehmen musste.

„Dafür bin ich nicht so auf den Mund gefallen wie du", konterte sie.

„Stimmt", bestätigte Karl. „Im Lügengeschichten erfinden scheinst du ein Ass zu sein. Vielleicht kannst du mit diesem Talent noch zur Lösung des Falls beitragen. Ansonsten würde ich dich gar nicht weiter mitmachen lassen."

„Na, da habe ich ja Glück gehabt", schmunzelte Marlene.

Karl starrte mit grimmiger Miene und zwei senkrecht

verlaufenden Falten zwischen den Augenbrauen auf den Plan, den er vor sich auf dem Boden ausgebreitet hatte. Für ihn schien das Gespräch vorläufig beendet.

„Entspann mal deine Gesichtsmuskulatur“, schlug Marlene vor. „Das gibt Falten und macht Kopfschmerzen.“

Karl sah auf und schaute sie fassungslos an.

„Hä?“, machte er. Dann schüttelte er den Kopf und heftete seinen Blick wieder auf die Karte. „Komm mir bloß nicht mit so einem Mist“, sagte er. „Fehlt bloß noch, dass du mir empfiehlst, Yoga zu machen.“

Marlene kicherte. „Das würde dir bestimmt gut tun.“

„Jetzt halt bitte mal die Klappe, ja? Ich muss hier meinen Grips einschalten. Lies du dir doch so lange einfach den neuesten Klatsch im Netz durch oder informiere dich über die aktuelle Teenie-Mode.“

Marlene lachte und tat keinesfalls, was ihr Karl so warmherzig vorgeschlagen hatte, ließ ihn aber wenigstens ein paar Minuten lang in Ruhe. Als sie allerdings sah, dass Karls Unterhose, deren Rand über seiner Jeans hervorlugte, grasgrün war und mit irgendwelchen kleinen roten Dingern bedruckt war, konnte sie nicht mehr an sich halten.

„Coole Unterhose, Karlchen! Sind da Nikoläuse drauf?“ Sie beugte sich näher über die entsprechende Stelle über Karls Hinterteil, um das Objekt ihres Interesses näher zu untersuchen.

„Sag mal, spinnst du?“, fauchte Karl sie an und drehte sich ruckartig um, so dass Marlene erschreckt zurückwich.

„Erstens geht dich das absolut nichts an und zweitens tut das ja im Moment nichts zur Sache! Ach, und erinnere mich doch bitte daran, dass ich morgen irgendwo ein anständiges Isolierband kaufe, damit ich es dir über dein unerträgliches Plappermaul kleben kann, solange wir es nicht für einen nützlichen Einsatz brauchen."

***

Kurz vor Mitternacht war es so weit. Karls Mutter hatte sich endlich in ihr Schlafzimmer zurückgezogen, und Marlene und Karl machten sich bereit für ihren Ausflug.

„Wenn sie pennt, kriegt sie nichts mehr mit", flüsterte Karl, bevor sie, ausgestattet mit einer großen und einer kleinen Taschenlampe, dem Friedhofsplan und einigen Werkzeugen, die Karl vorsichtshalber eingepackt hatte, sein Zimmer verließen.

Sie schlichen sich im Dunkeln über den Flur, glitten durch die Wohnungstür und zogen sie leise hinter sich zu. Durch den Hinterausgang des Altbaus im Strohberg, wie sich die Straße im Stuttgarter Lehenviertel nannte, verließen sie das Haus und schnappten sich im Hinterhof zwei Fahrräder.

„Ich nehme meins und du kannst das da hinten haben. Keine Ahnung, wem es gehört, aber es ist nie abgeschlossen. Das alte Klapperteil klaut auch keiner mehr", wisperte Karl.

„Alles klar", antwortete Marlene und griff nach dem

rostroten Drahtesel, der wirklich schon bessere Zeiten erlebt hatte, aber noch einigermaßen funktionstüchtig schien.

Sie schoben die Räder seitlich am Haus vorbei durch die Einfahrt, zogen leise das Tor auf und traten auf die Straße.

Außer ihnen war hier momentan kaum jemand unterwegs, nur ein paar Meter weiter unten auf der Filderstraße lief ein kicherndes Pärchen vorbei. Es war angenehm warm, aber lange nicht mehr so heiß wie tagsüber. Der Nachthimmel war klar, und der Mond stand als Sichel schräg über ihnen.

„Also, los geht's", sagte Marlene. „Du fährst vor. Ich weiß ja nicht, wo es langgeht."

Karl nuschelte irgendetwas, was Marlene nicht verstand, schwang sich ungelenk auf sein auch schon etwas in die Jahre gekommenes Rennrad und fuhr los. Etwas weiter unterhalb überquerten sie die auch um diese Zeit noch viel befahrene Hauptstätterstraße, die ein Stück weiter hinten am Marienplatz in den chronisch verstopften Heslacher Tunnel einmündete. Kurz darauf bogen sie in die Tübinger Straße ein.

„Geht das nicht ein bisschen schneller, Karlchen?", fragte Marlene, deren ausgeliehenes Rad quietschte und klapperte.

Sie fuhr jetzt neben ihm her. Karl blickte stur und stumm geradeaus.

„Nenn mich nicht noch ein einziges Mal Karlchen", kam es von ihm zurück.

„Du bist ja schon richtig außer Atem. Du solltest vielleicht wirklich etwas mehr Sport treiben."

Mit diesem Kommentar fing sich Marlene einen bitterbösen Blick ein. Sie musste kurz lächeln, beschloss aber, Karl nicht weiter zu piesacken. Sie empfand die nächtliche Fahrt durch Stuttgarts Innenstadt als sehr angenehm und interessant.

„Was ist das da?", fragte sie wenig später und zeigte auf eine große Hofeinfahrt auf der linken Seite.

„Bierbrauerei Dinkelacker", schnaufte Karl. „Steht doch dran."

An der Stadtmitte vorbei, bogen sie rechts ab auf die Theodor-Heuss-Straße, die Partymeile Stuttgarts, wo sich vor allem Samstagnachts junge Menschen mit ihren aufgemotzten Autos Rennen lieferten oder einfach nur hin und her fuhren, um die Aufmerksamkeit der zahllosen Kneipen- und Clubbesucher am Straßenrand zu erheischen.

Jetzt, Montagnacht, war nicht besonders viel los.

Bald passierten sie schon den Hauptbahnhof und fuhren die Heilbronnerstraße hoch, die sie direkt zum gewünschten Friedhofszugang führte. Langsam überquerten sie den Parkplatz und fuhren an einem Steinmetzgeschäft vorbei, das draußen Grabsteinmodelle ausgestellt hatte. Direkt dahinter landeten sie auf der schmalen Zufahrt, die hinunter zum Friedhofstor führte.

Links und rechts von ihnen ragten hinter einem Zaun die endlos vielen Grabmale auf, die in der dunklen

Nacht wie schwarze Schattenrisse wirkten.

„Schon etwas gruselig, oder?", flüsterte Marlene. Ihre Fahrräder hatten sie abgestellt und gingen zu Fuß weiter.

„Ach was", sagte Karl. „Ich finde lebende Menschen viel gruseliger."

„Da vorne ist das Tor." Marlene erblickte das massive, etwa drei Meter hohe Gittertor, von dem Karl gesprochen hatte. Dahinter standen auf beiden Seiten hohe Bäume, die ihre vollbelaubten Kronen in den Nachthimmel streckten. Rechts vor der Einfahrt auf das Friedhofsgelände stand ein älteres Grabmal, auf dem eine große, steinerne Engelsfigur saß.

„Natürlich ist da vorne das Tor", murmelte Karl.

„Also ich bin ja mal gespannt, wie wir nachher in das Gebäude mit den Leichen reinkommen wollen."

„Ich ehrlich gesagt auch. Aber irgendwie muss es klappen – und wenn wir den Pförtner am Eingang betäuben."

„Was?", sagte Marlene entsetzt und lauter, als sie beabsichtigt hatte.

„Pssst", entgegnete Karl und machte sich daran, das Tor zu erklimmen.

„Wenn das nicht alles mit so ekelhaften sportlichen Aktionen verbunden wäre, würde die Sache echt Spaß machen", fluchte er leise, während er sich unter großem Kraftaufwand hochhievte.

Glücklicherweise war das Tor so beschaffen, dass eine Kletterpartie darüber ziemlich unproblematisch war – vorausgesetzt, man hatte nicht zwei linke Füße und saß in seiner Freizeit fast ausschließlich vor mindestens einem Bildschirm.

Marlene sparte sich wohlweislich zu sagen, was ihr dazu einfiel, wartete stattdessen, bis Karl es schlussendlich auf die andere Seite geschafft hatte und folgte ihm. Geräuschlos setzte sie ihren Fuß auf die Kante am unteren Rand des Gittertors, zog sich daran hoch, schwang elegant ihre langen Beine darüber, stieß sich auf der anderen Seite ab und legte eine Landung hin, die selbst einer Profiturnerin tiefe Anerkennung hätte abgewinnen müssen.

Karl ließ sich davon allerdings kein bisschen beeindrucken. Er hatte noch nicht einmal zugesehen.

„So, das wäre geschafft", teilte er mit, während er irgendetwas auf seinem Tablet checkte. „Jetzt müssen wir hier runter und gleich da unten links abbiegen. So kommen wir zu den Hintereingängen von dem Gebäude, wo die Feierhallen und auch die Aufbahrungsräume und die Leichenhalle drin sind."

Auf dem Friedhof war gerade mal so viel Licht, dass sie nicht völlig blind umhertappen mussten. Ihre Augen hatten sich schon an die Dunkelheit gewöhnt, und sie konnten den Weg vor sich sowie die Umrisse der Grabsteine zu beiden Seiten und die umliegenden Gebäude einigermaßen gut erkennen.

Nicht weit vor ihnen ragte das mächtige Jugendstilbauwerk auf, in dem sich unter anderem die zwei Feierhallen des Pragfriedhofs und das einzige Krematorium Stuttgarts befanden.

„Wir müssen vorsichtig sein", flüsterte Karl. „Hier kann jederzeit jemand kommen. Ich hab gelesen, dass die hier auch nachts die Unfallopfer aus Stuttgart und Umgebung herbringen und dass hier immer wieder die Polizei unterwegs ist."

Marlene schauderte. Eigentlich konnte sie nicht glauben, was sie hier tat. Vor kurzem hatte sie noch geglaubt, sie würde ganz normale Sommerferien verbringen und mit ihren Freunden irgendwo herumhängen. Und jetzt war sie mit diesem durchgeknallten Karl nachts in einen Stuttgarter Friedhof eingedrungen, um eine Leiche zu besichtigen. Sie fand die ganze Sache zwar höchst spannend, war sich aber nicht sicher, ob sie wirklich einem fremden Toten einen nächtlichen Besuch abstatten wollte.

„Wenn jemand kommt, müssen wir uns sofort verstecken!", sagte Karl, dem offensichtlich trotz ihres verwegenen Plans keineswegs unwohl zumute war. Ganz im Gegenteil – er schien sich in einer Art Rausch zu befinden.

Langsam und mucksmäuschenstill verfolgten sie weiter den Weg, der sie um das Gebäude herumführte. Dann eröffnete sich vor ihnen ein Parkplatz, und rechts waren verschlossene Türen zu sehen, die ins Innere des Friedhofsgebäudes führten.

Karl schlich sich hinter einen Kleinbus, der hier geparkt hatte und versteckte sich dahinter. Marlene folgte ihm.

„Da sind, glaube ich, irgendwelche Technikräume

drin", raunte Karl und zeigte auf die Türen auf der rechten Seite. „Das hier ist übrigens der so genannte Wirtschaftshof", fuhr er fort. „Hier werden die Leichen angeliefert. Und da links müsste der Eingang sein, der auch nachts offen ist. Daneben sitzt allerdings rund um die Uhr ein Aufseher. Da – siehst du ihn? An dem müssen wir irgendwie vorbei."

Marlene sah den Mann. Hinter einer großen Glasscheibe links neben einem der Gebäudeeingänge saß ein Pförtner, der offensichtlich eine Zeitschrift las.

„Da willst du rein?", fragte sie. „Wie soll das gehen, ohne dass der uns sieht?"

„Weiß ich noch nicht. Mal sehen. Komm, wir gehen näher ran!"

Sie huschten ein paar Schritte weiter und kamen hinter einem abgestellten Anhänger voll Grünzeug wieder zum Stehen.

Karl sah sich um, beobachtete einen Moment lang den Pförtner, der nach wie vor auf seine Zeitschrift konzentriert war, und überquerte dann den Parkplatz, um an die Hauswand neben der Pforte zu gelangen, wo sie für den Aufseher unsichtbar waren.

Endlich mal eine interessante, aufregende Unternehmung außerhalb seiner Computerwelt, dachte sich Karl zufrieden. Sein Herz klopfte wild wie eine galoppierende Büffelherde, aber er fühlte sich hervorragend und konnte es kaum erwarten, den toten Dirigenten zu finden. Nur: Wie sollten sie in dieses blöde Gebäude kommen? Vielleicht einfach warten, bis der Pförtner aufs Klo ging?

Er war sich allerdings nicht sicher, ob der Eingang der Pforte tatsächlich unverschlossen war.

In diesem Moment unterbrach Marlene seinen Gedankengang.

Karl wollte sie schon wütend anfahren, weil er einen weiteren unqualifizierten Kommentar von ihr erwartete, hielt sich dann aber zurück.

„Sieh mal, da drüben!", wisperte Marlene fast lautlos.

Karl sah hin und konnte sein Glück kaum fassen: Am Ende des länglichen Seitenflügels des Gebäudes stand ein schmales Fenster offen! Er lächelte und winkte Marlene, ihm zu folgen.

Über den Grashügel, der hier entlang führte, gingen sie leise auf das Fenster zu, das so niedrig saß, dass selbst Karl problemlos hindurchklettern konnte, sofern er das wollte. Und er wollte offenbar, denn er war bereits dabei, sich durch die Öffnung zu schieben.

„Warte mal!", sagte Marlene und zupfte ihn am T-Shirt. „Ich … ich weiß nicht, Karl. Vielleicht wird mir ja kotzübel, wenn ich eine Leiche sehe …"

Karl hielt einen Augenblick inne. Dann erwiderte er: „Dann bleib doch einfach hier und steh Schmiere. Du wärst mir wahrscheinlich sowieso keine große Hilfe da drinnen. Und wenn sich hier irgendwas tut, dann sag mir über WhatsApp Bescheid, okay? Oder ruf mich einfach an."

Marlene nickte erleichtert. Gut. Sie hatte etwas zu tun, fühlte sich also nicht ganz unnütz bei dieser Aktion, musste aber nicht da rein.

„Alles klar. Wenn was ist, warne ich dich!“

Kaum hatte sie diese Worte ausgesprochen, war Karl auch schon verschwunden.

5

Drinnen stieß Karl mit seinem Fuß an einen Stuhl und verursachte ein kurzes, knarrendes Geräusch. Erschreckt erstarrte er und lauschte, aber alles blieb still. Dann schlich er sich zu der offen stehenden Tür, die sich direkt vor ihm befand.

Gut, dass er sich die Gebäudepläne eingeprägt hatte. Er wusste, dass dies hier ein kleiner Kantinenraum war, von dem aus er über einen Gang am Pförtner vorbei zu den Treppen gelangte, die ins Untergeschoss führten. Dort befanden sich die Aufbahrungsräume und der große Kühlraum und genau da musste er hin. Lautlos ging er den Gang entlang und huschte unbemerkt hinter dem Aufseher vorbei. Dann stieg er vorsichtig die Stufen hinunter.

Alles lag im Dunkeln, und er konnte gerade einmal Schemen erkennen. Unten angekommen, zückte er seine kleine LED-Taschenlampe und beleuchtete die Tafel, auf der die Namen der Toten standen, die in den durchnummerierten Aufbahrungsräumen lagen. Vier Namen waren hier aufgelistet, keiner von ihnen lautete jedoch Hanselmann. Daraus schloss Karl, dass die Leiche des

Dirigenten wohl immer noch im Kühlraum gelagert war und erst morgen zur Beerdigung herausgeholt würde.

Er wandte sich nach rechts, wo es durch einen schwarz gefliesten Flur an den massiven Türen der Verbrennungsräume des Krematoriums vorbei und weiter bis in den auf der anderen Seite des Gebäudes liegenden Teil ging. Dort befand sich, wie er wusste, der Sammelkühlraum.

Hoffentlich ist der nicht abgeschlossen, ging es Karl durch den Kopf. Hier unten war es ziemlich heiß, und ihm tropfte der Schweiß von der Stirn. Seine Hände waren feucht, aber auch kalt vor Aufregung, und er musste aufpassen, dass ihm seine Taschenlampe nicht aus den Fingern glitt.

Kurz darauf entdeckte er die schwere Schiebetür aus Edelstahl. Das musste sie sein. Ein kurzer Blick mit seiner Lampe auf das Schild neben der Tür bestätigte seine Vermutung. *Kühlraum* stand da. Zitternd hob Karl die Hand, packte den großen Hebel an der Tür und bewegte ihn vorsichtig nach unten.

***

Marlene blieb draußen unter dem offenen Fenster stehen, wippte immer wieder nervös von einem Bein aufs andere und beobachtete den Parkplatz, die Zufahrten und die Gebäudeeingänge.

Jedes noch so leise Geräusch ließ sie zusammenfahren, doch es tat sich nichts Besonderes.

Irgendwo flog ein Nachtvogel auf und ließ seinen Ruf vernehmen, und einmal trippelte irgendein Tier über den Platz, das Marlene nicht genau identifizieren konnte. Vielleicht eine Katze, aber dann war es eine ziemlich kugelig aussehende Katze mit kurzen Beinen gewesen. Ein paar Minuten, nachdem Karl durch das Fenster gestiegen war, beschloss sie, sich hinter dem beladenen Anhänger zu verstecken, um auch den Pförtner im Blick zu haben, falls der plötzlich irgendetwas unternehmen sollte.

Als sie zu der Glasscheibe neben dem Eingang hinüber blickte, blieb ihr fast das Herz stehen: Der Aufseher war weg.

„Scheiße", fluchte sie leise und kramte hastig ihr Smartphone aus der Hosentasche.

Wahrscheinlich war der Pförtner nur aufs Klo gegangen oder holte sich einen Kaffee, aber wer wusste das schon.

Vielleicht machte er auch einen Rundgang durchs Untergeschoss und entdeckte dabei Karl.

Eilig öffnete Marlene WhatsApp und tippte, so schnell sie konnte, eine Nachricht an Karl ein: „Pförtner ist weg. Keine Ahnung, wo."

Sie drückte auf *Senden* und schob ihr Smartphone, das auf Vibrationsalarm eingestellt war, wieder in die Tasche.

Dann wartete sie gespannt ab und hoffte, den Aufseher entspannt und mit einem Becher Kaffee in der Hand hinter seiner Glasscheibe auftauchen zu sehen.

***

Es tat einen kurzen Ruck, und die Tür glitt auf. Ein leises „Puh“ entfuhr ihm, als der kühle Verwesungsgeruch ihm entgegenschlug. Er schob den transparenten Plastikvorhang zur Seite, der sich hinter der Tür befand, trat ein und schob die Tür hinter sich wieder zu, achtete aber darauf, dass er sich nicht selbst im Kühlraum einschloss. Rechts und links von ihm standen aneinandergereiht dutzende hölzerne, geschlossene Särge, an deren Stirnseiten Zettel mit Namen angebracht waren.
Karl war so fasziniert, dass er erst einmal mitten im Raum stehen blieb und sich interessiert umsah. Hier drinnen waren die Leuchtröhren an der Decke eingeschaltet, und alles zeigte sich in einem grellen, kalten Licht.

Dann besann Karl sich wieder auf sein Vorhaben und fing an, die Namen an den Särgen zu überfliegen. Ein Stich durchfuhr ihn, als er kurz darauf erblickte, was er suchte: *Sebastian Hanselmann*.

„Ha“, murmelte Karl, „da sind Sie ja, Herr Dirigent.“ Er trat neben den Sarg und zögerte nur einen kurzen Augenblick, bevor er den Sargdeckel ergriff und ihn öffnete.

Ihm stockte der Atem. Das war so ziemlich der aufregendste Moment in seinem bisherigen Leben. Der Mann lag friedlich und mit entspannten Gesichtszügen da. Seine schwarzen, mit grauen Strähnen durchzogene Locken umrahmten sein blass-gräuliches, rasiertes Gesicht, seine Lippen wirkten ausgetrocknet und farblos.

Trotzdem, dachte sich Karl, sah er immer noch ganz gut aus. Er war sicher ein recht attraktiver Mann gewesen.

Karl hatte ein weiteres Mal Glück: Hanselmann war noch nicht in einen Anzug gekleidet – wahrscheinlich würden sie ihn erst am frühen Morgen vor der Beerdigung neu einkleiden –, sondern trug nur ein seitlich des Körpers und hinterm Hals zusammengebundenes, weißes Leichenhemd.

„Sehr gut", murmelte Karl.

So musste er, falls nötig, den Mann nicht aus komplizierten Kleidungsstücken herausschälen.

Zunächst nahm er sich das Gesicht und den Kopf des Toten vor. Er betrachtete ganz genau und konzentriert jeden Quadratzentimeter am ganzen Gesicht und am Hals, und schob sogar die Haare beiseite, um eventuelle Spuren darunter zu entdecken. Da war jedoch nichts.

„Hm …", machte Karl. „Also gut. Dann muss ich Sie wohl doch ausziehen, Herr Dirigent. Ich hoffe, Sie entschuldigen …"

Ohne zu zögern zog er die Schleifen des Leichenhemds auf und streifte es ab.

Darunter trug der Tote Unterwäsche, was Karl ganz recht war. Er war gut gebaut, schlank und drahtig. An der Seite des erkalteten, starren Körpers befanden sich bereits die typischen rot-blau gefärbten Leichenflecke. Karl nahm alles unter die Lupe, verbissen in die Vorstellung, irgendetwas Auffälliges finden zu müssen. Es waren bestimmt schon mindestens zwanzig Minuten vergangen, als er sich enttäuscht aufrichtete, ohne Ergebnis. Er schloss die Augen und überlegte. Dann entschied er, erneut nachzusehen. Vielleicht war ihm ja doch irgendetwas entgangen.

Um genauer hinsehen zu können, glitt er mit dem Licht seiner Taschenlampe über den Leichnam. Dieses Mal nahm er sich zuerst die Beine und die Füße vor.

Plötzlich hielt er die Luft an. Da war etwas! Unterhalb des linken, äußeren Fußknöchels erkannte Karl zwei recht eng nebeneinander liegende, fast schwarze Punkte, die leicht verkrustet schienen. Darum herum war die Haut deutlich gerötet. Die Stelle fiel kaum auf, doch bei genauerem Hinsehen waren die Male genau zu erkennen.

Das war in der Tat ungewöhnlich, dachte sich Karl und lächelte selbstzufrieden. Vielleicht war das tatsächlich eine Spur, die seine Mord-Theorie beweisen konnte. Er holte sein Handy aus der Hosentasche und sah, dass er hier unten keinen Empfang hatte. Weder sein mobiler Internetempfang noch sein Telefonnetz schienen in diesen Katakomben einen Kontakt zur Außenwelt aufbauen zu können.

„Mist", bemerkte er leise und hoffte, dass draußen alles in Ordnung war und er nicht gleich von irgendjemand hier unten überrascht wurde. So würde jedenfalls keine einzige Nachricht von Marlene die Chance haben, zu ihm durchzudringen. Aber er war ja auch so gut wie fertig.

Schnell stellte er auf seinem Smartphone die Kamera ein und fotografierte die Stelle an Hanselmanns Knöchel aus mehreren Perspektiven. Zusätzlich machte er noch einen Schnappschuss von der ganzen Leiche. Dann steckte er das Gerät zufrieden ein und machte sich daran, den Körper des Toten anständig zu bedecken, was ihm einigermaßen gut gelang. Als er mit seinem Werk zufrieden war, nickte er kurz, klappte den Sargdeckel wieder zu, machte sich auf den Weg zum Ausgang und schob die schwere Tür auf.

Die Hitze erschlug ihn regelrecht, und sofort brach ihm der Schweiß aus.

Lieber kalt und stinkend, als heiß und geruchlos, beschloss er im Stillen, schob die Tür wieder zu und machte sich auf den Rückweg. Alles war ruhig.

***

Marlene befand sich indes in heller Aufregung. „Mist, Mist, Mist“, fluchte sie vor sich hin. „So eine Scheiße!“ Sie kauerte immer noch hinter dem Anhänger und überlegte fieberhaft, was sie machen sollte. Der Aufseher war kurz nach seinem Verschwinden in aller Ruhe aufgetaucht, inzwischen waren allerdings sowohl ein Polizei- als auch ein Leichenwagen auf dem Parkplatz angekommen, und in diesem Moment waren zwei Bestatter dabei, einen unter einer dunklen Decke liegenden Leichnam aus dem Wagen zu hieven.

Marlene hatte sogleich versucht, Karl anzurufen, doch

alles, was sie zu hören bekam, war die elektronische Ansage: „The person you have called is temporarilly not available.“

Karl hatte also in diesem verfluchten Totenhaus keinen Empfang!

Sie probierte es noch einmal, wieder ohne Erfolg, dann noch einmal. Erleichtert hörte sie, wie es klingelte. Gleich darauf meldete sich Karl.

„Ja?“, flüsterte er.

„Mann, wo steckst du denn?“, fragte Marlene aufgebracht. „Hier draußen haben sie gerade eine neue Leiche angeliefert. Und die bringen sie wahrscheinlich gleich rein und direkt runter in dieses verdammte Kühlding. Wo bist du?“

„Schon auf dem Rückweg“, entgegnete Karl. „Alles erledigt. Bin jetzt gleich am Fenster. Sind die noch da?“

„Natürlich sind die noch da! Du kannst da jetzt nicht einfach rauskommen!“

„Was soll ich sonst machen? Hier übernachten? In einem Sarg?“

„Sehr witzig“, flüsterte Marlene und überlegte kurz. „Also gut“, sagte sie dann. „Warte noch ein paar Sekunden, klettere dann hinaus und versteck dich sofort wieder hinter dem Anhänger. Ich lenke die so lange ab. Und sei bloß leise!“

Marlene legte einfach auf, ohne eine Antwort von Karl abzuwarten, holte einmal tief Luft und lief dann auf das Personengrüppchen vor dem Eingang zu.

Dort standen der Pförtner, zwei Bestatter in dunklen

Anzügen, die noch immer die Trage mit der Leiche festhielten, und zwei Polizisten. Schon auf dem Weg dorthin ließ Marlene ein theatralisches Schluchzen vernehmen, woraufhin sich sofort alle zu ihr umdrehten. Einer der Polizisten kam sofort auf sie zu. Es war ein relativ junger, freundlich aussehender Kerl. „Hey", sagte er, als er die in Tränen aufgelöste Marlene sah, und fasste ihr sanft an die Schulter. „Was ist denn mit dir los? Wer bist du und was machst du hier?"

„Ich … ich heiße Karla", log Marlene und schluchzte und schniefte laut, so dass sie die Aufmerksamkeit aller auf sich zog.

Glücklicherweise hatte sie nicht nur schauspielerisches Talent, sondern sich irgendwann sogar selbst beigebracht, auf Anhieb und ohne Grund zu weinen. „Wissen Sie … mein Opa … er ist gestorben. Und ich vermisse ihn so … Und ich will ihn doch wenigstens noch einmal sehen vor der Beerdigung, aber meine Eltern erlauben es nicht. Deshalb … deshalb bin ich hier her gekommen. Können Sie mich nicht hereinlassen und mich einen Blick auf ihn werfen lassen? Er ist doch hier, oder? Ach, bitte, bitte!"

So weit, so gut, dachte Marlene. Das war nicht schlecht und es dürfte funktioniert haben. Jedenfalls hatte offensichtlich keiner von ihnen den Jungen bemerkt, der inzwischen das Leichenhaus durch das offen stehende Fenster wieder verlassen hatte und sich in Sicherheit befand. Aber wie sollte sie jetzt weiter machen?

Der Polizist machte eine betroffene Miene.

„Das tut mir sehr leid mit deinem Opa, aber wir können dich leider nicht …“, setzte er an, „… also vielleicht ist es wirklich besser, wenn du deinen Opa jetzt nicht mehr siehst.“

Marlene tat so, als würde sie sich etwas beruhigen.

„Meinen Sie?“, sagte sie dann und schaute den Polizisten mit großen verweinten Augen an. „Ja, vielleicht haben Sie Recht.“

„Weißt du was?“, meinte der Polizist. „Wir sind hier gleich fertig. Mein Kollege und ich werden dich nach Hause bringen. Wo wohnst du denn?“

Marlene durchzuckte es. Sie ließ sich aber nichts anmerken und spielte ihre Rolle weiter.

„Ach nein, nein!“, sagte sie, schüttelte wild den Kopf und produzierte neue Tränen, die ihr sogleich über die Wangen flossen. „Das dürfen Sie nicht. Meine Eltern, wissen Sie … Aber ich wohne ja auch gleich da oben an der Heilbronnerstraße. Ich verspreche Ihnen auch, dass ich gleich wieder nach Hause gehe!“

Der Polizist runzelte die Stirn, kniff seine Lippen zusammen und sah hinüber zu seinem etwas älteren Kollegen, der das Gespräch mit angehört hatte. Der kam daraufhin herüber und fragte Marlene: „Wie alt bist du denn, Karla?“

„Ich bin sechzehn“, log sie.

Immerhin machte sie sich drei Jahre älter als sie war. Hoffentlich nahmen die ihr das ab. Hätte sie ihnen die Wahrheit gesagt, wären ihre Chancen sicher schlecht gestanden, aus dem Schlamassel so einfach wieder rauszukommen.

Die Polizisten sahen sich gegenseitig an, dann zuckte der ältere mit den Schultern. „Also gut“, sagte er. „Dann geh. Aber du gehst sofort nach Hause, ist das klar?“

„Ja, klar ist das klar“, stammelte Marlene und wandte sich sogleich von ihnen ab. Die Polizisten konnten gar nicht so schnell gucken, wie sie in der Dunkelheit verschwunden war.

Marlene rannte den Weg zurück bis zum Friedhofstor, schwang sich darüber und eilte weiter bis zu der Stelle, wo sie ihre Fahrräder abgestellt hatten. Erleichtert sah sie Karl, der dort bereits auf sie wartete. Er hatte also die Kletterpartie über das Tor auch das zweite Mal ohne Beinbruch überstanden.

„Weg hier“, sagte sie nur, schnappte sich das klapprige Rad und trat kräftig in die Pedale.

Die Heilbronnerstraße hinunter fuhren sie, als wäre der Teufel hinter ihnen her. Erst dann wurden sie wieder langsamer und atmeten durch.

„Gut gemacht“, meinte Karl.

Es war das erste Mal, dass er sich ihr gegenüber anerkennend äußerte.

„Ja, vielen Dank“, antwortete sie. „Aber jetzt erzähl endlich: Hast du diesen Hanselmann gefunden?“

Karl schilderte ihr schnaufend, aber begeistert und detailliert alles, was er erlebt und entdeckt hatte.

„Wir haben also eine Spur. Jetzt müssen wir irgendwie herausfinden, was diese zwei kleinen Wundmale zu bedeuten haben“, schloss er.

Kurz darauf waren sie schon wieder zu Hause angekommen und schlichen sich zurück in die Wohnung und in Karls Zimmer. Obwohl es schon nach zwei Uhr war, dachten die beiden noch lange nicht ans Schlafen.

6

„Wie wär's mit einem Elektroschocker?", fragte Marlene leise. Sie lag auf ihrer Matratze, und Karl saß ihr gegenüber auf dem Boden. Er hatte, wie immer, sein Tablet auf dem Schoß. „Ich habe kürzlich einen Krimi gesehen, da hatte eine Leiche auch so zwei Punkte auf der Haut, und da kam raus, dass die von einem Elektroschocker stammten."

Karl fand ihre Überlegung offenbar nicht schlecht, aber auch nicht ganz zufriedenstellend. „Na ja. Aber von einem Elektroschocker stirbt man ja nicht gleich", gab er zu bedenken.

Sie hatten bereits mehrere Theorien aufgestellt, die sich meist um Giftmord per Injektion drehten, mussten jedoch immer wieder zu dem Schluss kommen, dass es hinsichtlich dazu keine plausible Erklärung dafür gab, dass es sich um zwei Einstiche anstatt nur um einen handelte. Dazu kam, dass es relativ unwahrscheinlich schien, dass ein Mörder seinem Opfer die tödliche Spritze unterhalb des Fußknöchels verpasste.

Schließlich war es Karl, den die Müdigkeit übermannte. „Lass uns morgen weiter machen", sagte er und gähnte ausgiebig.

Da kam Marlene noch ein Gedanke: „Sag mal, meinst du nicht, dass wir morgen bei der Beerdigung ein wenig spionieren sollten? Vielleicht beobachten wir irgendetwas Interessantes."

Dieser Hinweis ließ Karl noch einmal kurzzeitig wach werden. „Ja, natürlich! Dass ich da nicht selbst drauf gekommen bin ... Wir sollten unbedingt wissen, wer zu Hanselmanns Beerdigung erscheint. Und wer weiß – vielleicht ist ja sogar sein Mörder unter den Gästen!"

Marlene nickte grinsend. „Eben. Auf dem Friedhof ist doch alles ziemlich dicht bewachsen. Wir könnten uns, wenn die am Grab stehen, hinter irgendeinem Baum verstecken und Fotos von den Leuten machen."

„Gute Idee. Also geht's morgen noch einmal auf den Friedhof", beschloss Karl. „Aber dann fahren wir mit der Bahn. Eine weitere Fahrradtour kommt nicht infrage."

Daraufhin schleppte er sich in sein Bett und war wenige Minuten später eingeschlafen. Am nächsten Morgen erwachte er gerade noch rechtzeitig, um es noch pünktlich zu Hanselmanns Beerdigung zu schaffen. Marlene schlief noch tief und fest.

„Hey! Hey, aufwachen!", sagte Karl und rüttelte Marlene unsanft, die erschreckt auffuhr. Ihre schwarzen Locken standen wild in alle Richtungen von ihrem Kopf ab.

„Hast du 'ne Macke?", fuhr sie Karl an. „Was soll das?"

Karl hatte sich abgewandt und schlüpfte eilig in seine

Jeans und ein frisches T-Shirt.

„Schon wieder vergessen? Wir müssen doch zur Beerdigung", verkündete er.

„Ja, aber die ist doch erst um elf!", beschwerte sich Marlene. Sie griff zu ihrem Smartphone und sah auf die Uhr. „Ach was. Es ist schon Viertel nach zehn? Krass. So lange habe ich schon lange nicht mehr gepennt." Daraufhin stand sie eilig auf, fischte ein kurzes Sommerkleidchen aus ihrer Reisetasche und zog es über. „Ich geh mal noch kurz ins Bad. Vielleicht sollte ich etwas mit meinen Haaren machen", murmelte sie, als sie fertig angezogen war, und fing sich prompt einen vielsagenden Blick ein.

„Das solltest du wohl, ja. Aber mach schnell! Wir müssen los", erwiderte Karl.

***

Es war nicht gerade einfach, in der Nähe des frischen Dirigenten-Grabes auf dem Pragfriedhof ein geeignetes Versteck zu finden, doch schließlich gelang es ihnen, sich in sicherer Entfernung hinter einem großen Grabmal zu verschanzen, von wo aus sie einen guten Blick aufs Geschehen hatten.

Die Menschenmenge, die sich zu Sebastian Hanselmanns Verabschiedung versammelt hatte, war eindrucksvoll – sowohl von ihrer Anzahl her als auch von ihrer Erscheinung: Deutlich über hundert Gäste waren gekommen, alle in sehr feiner Kleidung, teils sogar in filmreifer Trauer-Garderobe, wie Karl und Marlene fanden.

„Schau mal, die da!“, flüsterte Marlene und zeigte auf eine elegante, kleine und zierlich wirkende Dame um die Vierzig, die im Vordergrund stand und von vielen anderen die Hände geschüttelt bekam. Die Bestattungszeremonie war bereits so weit fortgeschritten, dass der Sarg in die Erde gelassen worden war und sich nun einzelne Personen oder Grüppchen daran machten, ein Schäufelchen Erde oder Blumen in die frisch ausgehobene Grube zu werfen. „Das ist bestimmt seine Frau, meinst du nicht?“

„Glaub ich auch“, raunte Karl, dessen Augen jede Kleinigkeit zu erfassen und einzuscannen schienen. „Und die Gruppe da hinten sind wohl die Orchestermitglieder. Da ist auch unser Flötist, dieser Schlosser. Hast du die auch fotografiert?“

„Klar doch. Ich denke, ich habe alle, so dass wir nachher jeden Einzelnen im Großformat anschauen können. Diese Kamera ist echt krass – bei der Auflösung kann man ja nachher sogar die Pickel am Kinn zählen.“

Als ob Karl das nicht wusste. Selbstverständlich besaß er eine vernünftige Kameraausrüstung – eine Spiegelreflex mit Teleobjektiv. Von der Herumknipserei mit dem Smartphone hielt er nicht viel.

„Hmm“, wisperte er, wandte seinen Blick aber nicht ab. „Ich frage mich, wer diese blonde Dame da ist. Siehst du die? Die steht schon die ganze Zeit etwas abseits und allein da.“ Er deutete mit dem Finger in die entsprechende

Richtung.

„Keine Ahnung“, meinte Marlene leise. „Ich bin etwas kurzsichtig, deshalb sehe ich die nicht so genau.“

Karl warf ihr einen missbilligenden Blick zu. „Dafür gibt es Brillen.“

Marlene hätte fast laut los gelacht. Dann sagte sie grinsend: „Du glaubst doch nicht im Ernst, dass ich mir so ein Ding auf die Nase setze. Und Kontaktlinsen vertrage ich nicht so gut.“

Karl schüttelte den Kopf und beendete das Gespräch, indem er abwinkte und sich der Beerdigungszeremonie zuwandte. Inzwischen hatten sich einige Orchestermusiker zusammengetan und spielten dem Toten ein letztes Ständchen.

„Ich wüsste zu gerne, wer diese Frau ist. Irgendwie wirkt sie … auffällig, finde ich, und so, als ob sie sich hinter ihrer großen Sonnenbrille verstecken will. Fällt dir nicht irgendwas ein, wie wir ihren Namen herauskriegen können?“

„Na ja. Ich kann da jetzt wohl schlecht hin spazieren und irgendeine Geschichte erzählen. Das ist nicht gerade der richtige Zeitpunkt“, überlegte Marlene. „Aber vielleicht, wenn die Sache erledigt ist und alle wieder gehen. Da würde mir schon was einfallen. Soll ich mich also an ihre Fersen heften, und wir treffen uns oben an der Bahnhaltestelle wieder?“

„Ja“, war Karls knappe Antwort.

Als sie sich etwa zwanzig Minuten später am vereinbarten Treffpunkt wieder sahen, triumphierte Marlene:

„Ha! Rat mal, wer das war!“

„Nein, das werde ich ganz bestimmt nicht. Los, raus mit der Sprache“, sagte Karl, der offenkundig kein Freund von Ratespielchen war.

Marlene verdrehte die Augen, legte aber los: „Unser Blondchen ist die Opern-Sopranistin Elena Maranelli!“ Karl kombinierte sofort: „Das ist ja die, die den Hanselmann tot aufgefunden hat!“

„Ganz genau.“

„Und wie hast du das herausgekriegt?“

„Ach, ich habe sie einfach angerempelt und sie dann in ein Gespräch verwickelt, bei dem ich ihr ihren Namen entlockt habe. Sie denkt übrigens, dass ich Karla heiße. Das ist jetzt mein Deckname“, grinste Marlene.

Karl konnte nicht anders, als ebenfalls seine Mundwinkel zu einem Lächeln zu verziehen. „Nicht schlecht“, sagte er. „Mal sehen, was wir damit anfangen können.“

Die beiden stiegen in die U-Bahn an der Haltestelle *Pragfriedhof* und machten sich wieder auf den Heimweg. Zu Hause wollten sie erst einmal die Fotos von der Beerdigung studieren und sehen, ob ihnen daran noch irgendetwas oder irgendjemand Besonderes auffiel.

„Also ich finde ja eure Bibliothek echt stark“, bemerkte Marlene kurz darauf, als die U-Bahn an der unterirdisch gelegenen Haltestelle *Stadtbibliothek* anhielt. Darüber befand sich die Stuttgarter Bücherei, die am Mailänder Platz im neuen Europaviertel ihren Platz gefunden hatte und wegen ihres charakteristischen Aussehens im Volksmund auch als Bücherknast bezeichnet wurde.

„Können wir da mal hingehen? Die würde ich wirklich mal gerne besichtigen."

Karl sagte nichts. Er starrte die Rückenlehne des gegenüberliegenden U-Bahn-Sitzes an und verzog keine Miene.

„Hey!", sagte Marlene und stieß ihn an, doch er reagierte immer noch nicht. Dann zuckte sie mit den Schultern und hing ihren eigenen Gedanken nach.

Plötzlich schoss Karl von seinem Sitz hoch und sagte: „Ich hab's!"

„Was hast du?", fragte Marlene, die Karls Eigensinnigkeit als anstrengend empfand.

Karl setzte sich neben sie und flüsterte, damit keiner mithören konnte: „Die beiden Punkte! Die können nur von einem Schlangenbiss stammen! Irgendwo an einem der Grabsteine habe ich vorhin eine Schlange gesehen – also ich meine eine aus Stein – und da klickte was in meinem Kopf. Ich hatte es nur noch nicht zusammengefügt. Gerade sind die Puzzlestücke an ihren Platz gefallen."

Marlene war einigermaßen sprachlos. Ein Schlangenbiss? Die Sache wurde ja immer abenteuerlicher. Allerdings auch spannender. Und wenn Karl Recht hatte, dann war das wirklich eine brisante Neuigkeit. Marlene war, so musste sie sich eingestehen, selbst auch immer überzeugter davon, dass sie es tatsächlich mit einem Mord zu tun hatten.

„Aber das würde ja bedeuten, dass er eine Giftschlange in seiner Garderobe gehabt hat – die der Mörder oder die Mörderin vorher dort platziert hat“, schloss sie ihre Gedanken laut.

„Genau. Aber wir dürfen nichts überstürzen. Wir müssen die Schlangen-Theorie irgendwie untermauern. Ich habe ehrlich gesagt nicht viel Ahnung von den Viechern, habe nur eben schon mal irgendwo im Fernsehen gesehen, dass ein Schlangenbiss genauso aussehen kann.“

Sie hatten inzwischen die Bahn an der Haltestelle *Marienplatz* verlassen.

„Dann lass uns doch in der Wilhelma nachfragen!“, schlug Marlene vor. „Dort haben sie bestimmt einen Schlangenexperten, der uns alles darüber erzählen kann. Wir könnten ja wieder schummeln und irgendein Schulprojekt vorschieben.“

Karl nickte gedankenverloren. „Keine schlechte Idee“, murmelte er. „Vorher können wir uns aber schon mal übers Netz ein bisschen schlau machen und die Fotos von der Beerdigung ansehen.“

7

„Es gibt einige Schlangen, die so giftig sind, dass ihr Biss tödlich sein kann“, informierte Marlene, die mit ihrem Smartphone auf Giftschlangen-Recherche war, während Karl die Fotos vom Pragfriedhof auf seinen großen Rechner heruntergeladen hatte und jetzt am Schreibtisch saß und die Bilder durchklickte.

„Hier, hör mal, Karl. Da geht's um den Inlandtaipan. Das ist wohl die giftigste Schlange der Welt“, fuhr Marlene fort und las vor: *„Die Länge ihrer Giftzähne variiert zwischen dreieinhalb und sechs Komma zwei Millimeter. Die Injektionsmenge pro Biss beträgt zwischen vierundvierzig Komma zwei Milligramm und hundertzehn Milligramm. Bla bla bla … ist der Inlandtaipan etwa fünfzig mal giftiger als eine Indische Kobra und sechshundert bis achthundert mal giftiger als eine Diamant-Klapperschlange und damit auch die giftigste bekannte Giftschlange. Die bei einem Biss durchschnittlich abgesonderte Giftmenge reicht theoretisch aus, um bis zu zweihundertfünfzig erwachsene Menschen, zweihundertfünfzigtausend Mäuse oder einhundertfünfzigtausend Ratten zu töten*. Krass, oder? Vielleicht war's ja so eine! Kann aber auch eine Brillenschlange gewesen sein. Die zählt zu den Kobras und ist auch schon ziemlich giftig und kann durch ihren Biss innerhalb von ein paar Minuten eine lebensbedrohende Atemlähmung hervorrufen, steht hier."

Marlene hielt inne und überflog noch einmal die Google-Ergebnisse zu ihrer Recherche. „Das gibt's doch nicht!", rief sie plötzlich.

„Was denn?", blaffte Karl. „Musst du so schreien?"

„In der Wilhelma ist erst vor ein paar Tagen eine Kobra geklaut worden! Steht hier! In einer Kurzmeldung der *Stuttgarter Nachrichten*."

Karl sprang von seinem Stuhl auf, setzte sich neben Marlene auf den Boden und riss ihr das Smartphone aus der Hand. „Zeig her", sagte er.

„Hey!", empörte sich Marlene und schnappte sich ihr Smartphone wieder. „Das ist meins! Ich darf ja auch nicht an deine Sachen!"

Karl verdrehte die Augen und holte tief Luft. „Also gut. Darf ich das dann bitte mal sehen?"

„Bitteschön", sagte Marlene und hielt ihm unter die Nase, was sie gefunden hatte.

In der offiziellen Meldung der Tageszeitung *Stuttgarter Nachrichten* hieß es: *„Unbekannte haben sich in der Nacht von Sonntag auf Montag Zutritt auf das Gelände der Wilhelma verschafft und sind in das Reptilienhaus eingebrochen. Ihre Beute: eine Südasiatische Kobra. Die Schlange zählt zu den Giftnattern und ist auch unter dem Namen Brillenschlange bekannt. Die Täter gelangten laut*

Polizei im Zeitraum zwischen 22 Uhr abends und 6 Uhr morgens in das Gebäude, in dem die Reptilien gepflegt werden, indem sie das Schloss an der Eingangstüre manipulierten. Zeugen werden gebeten, sich beim Polizeirevier Bad-Cannstatt zu melden."

„Das ist ja prima!", freute sich Karl. „Das ist sie! Diese Schlange hat den Dirigenten getötet! Jemand hat sie geklaut und in der Garderobe versteckt, und dort hat sie den Hanselmann angeknabbert."

Marlene machte ein ernstes Gesicht. So langsam wurde ihr bewusst, in was für eine bizarre Geschichte sie da hineingeraten waren.

„Wir müssen damit zur Polizei, Karl."

„Auf gar keinen Fall!", antwortete er. „Die glauben uns doch sowieso nicht."

„Aber wir haben doch die Fotos von dem Schlangenbiss, die du gemacht hast. Die können wir ihnen doch zeigen."

Karl schnaufte. „Klar", sagte er. „Und wir erzählen denen einfach so, dass wir nachts in die Leichenhalle vom Pragfriedhof eingebrochen sind, um mal grade einen Blick auf die Leiche zu werfen. Spinnst du?"

„Aber es geht um Mord!"

„Ja, das sag ich doch schon die ganze Zeit!"

„Das können wir nicht einfach für uns behalten. Die Polizei muss das doch wissen und den Mörder – und vor allem auch diese Schlange finden!", meinte Marlene. „Wer weiß, wo dieses Viech gerade herumkriecht! Nachher gibt es noch eine Leiche!"

Marlene sah mit ihren weit aufgerissenen Augen aus wie ein entrüsteter Koboldmaki.

Karl verschränkte seine Arme vor der Brust und dachte nach. So ganz Unrecht hatte Marlene nicht. „Hm", machte er. „Das wäre vielleicht nicht so gut."

„Das meine ich aber auch", kommentierte Marlene diesen etwas sonderbaren Hinweis und sah Karl vorwurfsvoll an.

„Also gut", gab Karl nach. „Wir gehen zur Polizei, aber erst, wenn wir noch mehr Beweise haben. Und dann müssen wir uns genau überlegen, was wir sagen." Er warf einen Blick auf seine Uhr. Es war schon früher Nachmittag. „Ich habe wahnsinnig Hunger. Komm, lass uns bei Alaturka vorne an der Olgastraße was essen. Da gibt's den besten Döner in der Stadt. Und dann fahren wir in die Wilhelma und schauen, was wir da herausfinden. Schließlich müssen wir annehmen, dass derjenige, der die Schlange entführt hat, der Mörder ist."

Marlene war nicht ganz überzeugt von diesem Plan. Hunger hatte sie jedoch auch, und zwar einen so mächtigen, dass ihr Magen schon knurrte. Der beste Döner der Stadt konnte erst einmal nicht schaden.

„Was willst du denn in der Wilhelma machen?", fragte sie. „Anscheinend ist es ja völlig unklar, wie die Schlange weggekommen ist. Wie sollen wir dann da was herausfinden?"

„Mal sehen", antwortete Karl, der bereits seine Sachen geschnappt hatte und zum Aufbruch bereit war. „Jetzt gehen wir erst mal was futtern."

Zu Fuß machten sie sich auf den Weg zu dem Imbiss, den Karl vorgeschlagen hatte. Das Alaturka befand sich nur etwa fünf Gehminuten entfernt auf der Olgastraße. Als sie die Markuskirche auf der Filderstraße passierten, stöhnte Karl auf.

„Oh nein", sagte er. „Die haben mir gerade noch gefehlt. Ich hatte gehofft, dass ich wenigstens in den Ferien meine Ruhe vor denen habe."

Drei Jungen kamen ihnen entgegen, zeigten mit den Fingern auf Karl und Marlene, klopften dabei irgendwelche Sprüche und lachten höhnisch.

„Was sind das denn für Affen?", fragte Marlene und machte ein grimmiges Gesicht.

Das Grüppchen kam immer näher und mokierte sich lautstark über Karl und seine Begleitung.

„Der Begriff Affe ist in diesem Fall eine Beleidigung für die entsprechende Spezies", antwortete Karl. „Das sind Max und seine beiden Anhängsel David und Stefan – meine geschätzten Klassenkameraden."

„Hallo ihr beiden Süßen!", sagte Max, als sie schließlich aufeinandergetroffen waren. „Na, da hast du dir ja eine scharfe Braut geangelt, Karlchen! Der Käsekuchen mit 'ner Schokoprinzessin! Wie niedlich!"

Karl kochte innerlich vor Wut. Er biss die Zähne aufeinander und musste sich zusammenreißen, um nicht auf Max loszugehen und auf ihn einzudreschen. Würde er das tun, würde er nicht gut wegkommen, das war klar. Seine Stärken lagen, weiß Gott, woanders als im Prügeln. Deshalb ließ er es sein.

Die drei klopften sich vor Lachen auf die Knie. „Wo habt ihr euch denn gefunden? Hat Nerd-Karlchen dich im Chaos Computer Club aufgerissen?", fragte einer von Max' Kumpels und sah dabei Marlene an, die sich erstaunt anhörte, was das Trio zu melden hatte.

„Komm, lass uns einfach weitergehen", sagte Karl und zog Marlene am Ärmel. „Mit denen kann man sowieso nicht kommunizieren. Ihre Hirne gleichen Hohlblocksteinen."

Aber Marlene wollte noch nicht gehen. Als sie ansetzte, etwas zu sagen, verdrehte Karl die Augen und wandte sich vom Geschehen kurzzeitig ab. Er befürchtete das Schlimmste.

„Ach, das ist ja nett, euch kennenzulernen!", sagte Marlene und zeigte ihr breitestes Lächeln. „Ihr seid ja offensichtlich ganz lustige Kerlchen. Aber wisst ihr was? Wir haben gerade Wichtigeres zu tun, als uns mit Primaten zu unterhalten. Also, wenn ihr uns entschuldigt?"

Karl schloss kurz die Augen und atmete durch. Gut. Das war eine hübsche Abreibung von Marlene gewesen, aber jetzt sollten sie wirklich verschwinden, bevor die Situation eskalierte.

„So ist es. Ciao Jungs!", sagte er und wollte sich an dem Grüppchen vorbeidrücken.

So einfach ließ Max jedoch nicht locker. „Hey, ich glaub, mit deiner Brille stimmt was nicht, Nerd-Karlchen. Zeig mal her", blökte er und riss Karl die Brille von der Nase.

Da griff Marlene ein. Erst nahm sie Max blitzschnell

die Brille wieder ab und warf sie Karl zu, der sie entgeistert auffing. Dann schwang sie ihr Bein und kickte Max in den Bauch, so dass dieser sich stöhnend vornüber beugte, was zur Folge hatte, dass die beiden anderen sich nun auf Marlene stürzten. Das hatte sie jedoch kommen sehen und schmetterte in einer ungeheuren Geschwindigkeit erst dem einen ihre Faust ins Gesicht und dann dem anderen ihren Fuß ans Schienbein. Alle drei Jungs guckten ungläubig aus der Wäsche und rieben sich ihre Wehwehchen. Keiner traute sich mehr, irgendwas zu sagen, geschweige denn, auf Marlene oder Karl loszugehen.

„So das wär's", verkündete Marlene lächelnd. „Jetzt können wir gehen, Karl. Tschüss, alle miteinander!"

„Was war das denn?", wollte Karl ein paar Schritte später wissen. Er konnte gar nicht fassen, was soeben passiert war.

„Was denn?", fragte Marlene.

„Frag nicht so doof. Wie hast du es geschafft, als Mädchen diese drei Hohlsäcke zu verprügeln?"

„Tja, weißt du, bei uns auf dem Land ist nicht viel geboten. Es gibt aber eine echt gute Kampfsportschule."

„Na, vielen Dank", sagte Karl und machte dabei einen ziemlich niedergeschlagenen Eindruck. „Jetzt habe ich ein Mädchen als Bodyguard. Damit bin ich bei denen jetzt erst recht unten durch und kann mich auf was gefasst machen, wenn ich sie wieder sehe."

„Das tut mir leid …", stammelte Marlene, und sie meinte es auch so. „Ich dachte, die haben es verdient, mal eine Abreibung zu kriegen."

„Natürlich haben sie das", schnauzte Karl gereizt. „Aber ich stehe jetzt eben als der allerletzte Schwächling da."

„Vielleicht fällt uns ja was ein, wie wir das verhindern können und die dich auch in Zukunft in Ruhe lassen", sagte Marlene.

„Ach, lass gut sein", meinte Karl.

8

Gut gesättigt machten sich Karl und Marlene bald auf den Weg in die Wilhelma, den zoologisch-botanischen Garten.

Der Stuttgarter Zoo heißt deswegen Wilhelma, weil der württembergische König, der die üppige Parkanlage mit den hübschen Gebäuden Mitte des neunzehnten Jahrhunderts hatte errichten lassen, Wilhelm hieß und es offensichtlich für angemessen hielt, das Anwesen nach sich selbst zu benennen. Seit 1953 war der historische Park im Stadtteil Bad-Cannstatt ein Zoo.

Von der U-Bahn-Haltestelle *Wilhelma* waren es nur ein paar Schritte bis zum Haupteingang. Da die Sommerferien gerade begonnen hatten, standen vor den Kassenhäuschen und Ticketautomaten hunderte von Kindern und Erwachsenen.

Karl und Marlene blieb nichts anderes übrig, als sich einzureihen und abzuwarten, bis sie endlich ihre Eintrittskarten kaufen und die Anlage betreten konnten. Als sie schließlich freie Bahn hatten, hetzte Karl voraus und bog schnurstracks nach rechts auf einen Weg ab, der an einer Schar Flamingos vorbeiführte.

Selbstverständlich hatte er sich den Plan des riesigen Geländes bereits eingeprägt und wusste genau, wo es hin ging.

„Hey!", rief Marlene. „Jetzt warte doch mal. Schau mal, die Flamingos! Und dort geht es zu den Kängurus!" Sie war ganz begeistert.

Karl blieb stehen, drehte sich zu ihr um und verzog das Gesicht. „Ooooh, und da sind auch kleine Pinguine und schnuckelige Erdhörnchen!", sagte er und äffte dabei ihre Stimme nach. „Sag mal, bist du im Kleinkindalter irgendwo hängengeblieben, oder was?"

Marlene verdrehte genervt die Augen. „Du kannst so ätzend sein, weißt du das?"

„Ja. Vielen Dank. Können wir jetzt vielleicht weitergehen und erledigen, was wir erledigen wollen, oder möchtest du vorher noch in den Streichelzoo?"

„Arsch", bemerkte Marlene trocken und ging an Karl vorbei, ohne ihn eines Blickes zu würdigen.

„Ja", fiel Karl dazu ein. „Prima, dann kann's ja weitergehen." Damit folgte er Marlene, die an der nächsten Weggabelung stehen blieb und ihn passieren ließ, weil sie keine Ahnung hatte, wo sich das große Terrarium mit den Schlangen befand.

„Da vorne ist es schon", sagte Karl und zeigte auf ein Gebäude, dessen Eingang nur wenige Meter vor ihnen lag. Marlene sagte nichts mehr, sondern trottete ihm nur hinterher.

Im Innern des dreiteiligen Baus, der das Aquarium sowie die Krokodilhalle und das Terrarium mit den Reptilien beinhaltete, war es recht düster und angenehm kühl. Karl schenkte den zahlreichen Fischen und sonstigen Wassertieren keine Beachtung, sondern lief geradewegs in Richtung Reptilienhaus.

Marlene schüttelte den Kopf angesichts dieser Ignoranz, blieb jedoch stumm und warf wenigstens ein paar rasche Blicke in die beeindruckenden Aquarien, während sie Karl folgte.

Bei den Reptilien angekommen, verlangsamte Karl seine Schritte und sah sich aufmerksam um, wobei ihn augenscheinlich die vielen anderen Besucher störten, die sich vor den Terrarien versammelt hatten und die Tiere ansahen.

Einige Interessierte verärgerte er, indem er sich unwirsch vordrängelte, um einen Blick hinter die jeweilige Glasscheibe zu werfen. So arbeitete er sich nach und nach vor, bis er endlich entdeckte, was er suchte.

„Hier ist es", sagte er. „Hier war sie drin." Das Terrarium, vor dem er Halt gemacht hatte, war offenbar das einzige, das leer war. Demzufolge standen auch kaum Leute davor. Nur einige Kinder guckten hinein und versuchten, darin eine weitere Schlange zu erspähen. Auf einem kleinen Schild neben der Glasscheibe stand: *„Brillenschlange oder Südasiatische Kobra (Giftnatter).* ***Sehr giftig.***"

„Scheint so", meinte Marlene. „Und jetzt?"

„Siehst du?", sagte Karl und überhörte geflissentlich den gereizten Unterton in Marlenes Stimme. „An dem Schloss wurde auf jeden Fall herumgefummelt."

An den einzelnen Terrarien, in denen die Schlangen untergebracht waren, befanden sich jeweils Schlösser, über die die Käfige geöffnet werden konnten, um die Tiere zu versorgen.

„Das war ja wohl anzunehmen“, sagte Marlene. „Der Dieb wird die Schlange wohl kaum herausgezaubert haben.“

Karl ließ diese Bemerkung unkommentiert. Erst besah er sich noch einen Moment lang das Schloss, indem er sich so dicht davor klemmte, dass seine Brillengläser schon fast die Scheibe berührten. Dann holte er sein Smartphone heraus und machte eine Nahaufnahme davon, sowie ein Foto von dem ausgeraubten Schlangenterrarium. Daraufhin wandte er sich ab und ging davon.

„Und jetzt?“, wiederholte Marlene ihre Frage.

„Jetzt suchen wir den Tierpfleger, der für die Schlangen verantwortlich ist. Vielleicht weiß der irgendwas.“

„Mhm“, meinte Marlene nur.

Vor dem Gebäude trafen sie schließlich denjenigen, den Karl suchte. Der in Grün und Beige gekleidete Mann war recht groß und massig, trug einen Schnurrbart und machte ein grimmiges Gesicht, während er eine Schubkarre vor sich her schob.

„Entschuldigen Sie bitte“, sprach Karl ihn an. „Pflegen Sie auch die Schlangen?“

Der Mann blieb stehen und knurrte etwas, das mit gutem Willen als ein Ja zu deuten war.

„Gut“, sagte Karl und nickte. „Es ist doch kürzlich hier eine Kobra geklaut worden. Wie konnte das denn passieren?"

Die kleinen Augen des Mannes verengten sich etwas, bevor er abermals knurrte und sagte: „Woher soll ich das wissen? Und was geht das euch überhaupt an?"

Auf diese Frage wären Marlene spontan mehrere gute Antworten eingefallen, aber die behielt sie für sich, da sie immer noch sauer auf Karl war.

„Äh", stammelte Karl. „Ja, also, wissen Sie ... Wir haben das mit dem Diebstahl in der Zeitung gelesen und interessieren uns dafür. Wer außer Ihnen hat denn eigentlich noch die Schlüssel für das Reptilienhaus und die Schlangenkäfige? Es ist nämlich so, dass das Verschwinden der Schlange mit einem Verbrechen in Verbindung gebracht wird."

Der Mann fixierte Karl mit einem unangenehm flackernden Blick. Dann sagte er: „Schert euch zum Teufel."

Damit nahm er seine Schubkarre wieder auf und drängelte sich an ihnen vorbei.

„Wie reizend", meinte Marlene leise, nachdem der Tierpfleger sich ein paar Schritte weit entfernt hatte. „Ihr beide könntet wahrscheinlich gute Freunde werden."

Mal wieder beachtete Karl ihre Bemerkung gar nicht. Stattdessen beobachtete er den Mann, der kurz darauf hinter einer Ecke verschwand.

„Los, komm!", forderte Karl Marlene auf, ihm zu folgen. „Wollen wir doch mal sehen, was der jetzt vorhat."

„Hä? Wieso?", fragte Marlene.

„Hast du nicht gesehen, wie nervös der wurde, als ich

ihn nach der verschwundenen Schlange gefragt und ein Verbrechen erwähnt habe?", flüsterte Karl und verfolgte die Spur des griesgrämigen Tierpflegers. „Das kam mir ziemlich komisch vor. Der ist ja ganz blass um die Nase geworden."

Da musste Marlene ihm Recht geben. „Glaubst du, der hat was mit der Sache zu tun? Aber wieso sollte der denn die Schlösser manipulieren und aufbrechen, wenn er doch die ganzen Schlüssel hat?" So langsam wurde ihre Neugier wieder geweckt.

„Na, eben, weil sich ja sonst alle denken würden, dass er es war", erwiderte Karl leise. „Denn – wie du schon richtig festgestellt hast: Der Täter wird die Schlange kaum hinausgezaubert haben. Keine Ahnung, ob er tatsächlich etwas damit zu tun hat, aber wer weiß …"

Sie erreichten die Ecke an der Flanke des langgezogenen Gebäudes und blieben abrupt stehen, als sie dahinter die Stimme des Tierpflegers vernahmen. Anscheinend telefonierte er.

„… wollten wissen, wie die Kobra wegkommen konnte", hörten sie ihn in sein Handy brummen.

Karl und Marlene drückten sich an die Mauer des Zoogebäudes und lauschten.

Die Stimme des Mannes klang eindeutig nervös. Kurz herrschte Stille, dann sagte er: „Es ist mir scheißegal, was Sie vermuten. Fakt ist, dass hier wegen der Sache herumgeschnüffelt wird. Also: Was haben Sie mit dem Tier gemacht?"

Wieder einen Moment Stille – dann musste Karl niesen. Noch ehe er und Marlene reagieren konnten, war der Tierpfleger auch schon um die Ecke gestürmt und hatte sie gesehen.

„Los!“, rief Marlene und rannte fort. Karl stürmte hinterher, gefolgt von dem Schnurrbärtigen, der seine Schubkarre indes ihrem Schicksal überlassen hatte.

Marlene gewann immer mehr an Vorsprung. Wie eine geschmeidige Gazelle stürmte sie über das Wilhelma-Gelände Richtung Ausgang, wobei sie geschickt den anderen Besuchern auswich. Glücklicherweise wusste sie noch, wo es lang ging. Immer wieder sah sie sich um und stellte mit wachsendem Unbehagen fest, dass der Abstand zwischen Karl und ihr immer größer wurde, während der Tierpfleger immer näher zu kommen schien.

Mehrere Schaulustige waren bereits stehen geblieben und beobachteten die merkwürdige Verfolgungsjagd. Marlene flog regelrecht über die Wege und blieb in der Nähe der Flamingo-Wiese stehen, um sich abermals umzusehen.

Sie beobachtete, wie Karl über eine Rasenfläche eilte, auf der ein Pfau spazieren ging. Das stolze Tier marschierte ausgerechnet in Karls Laufbahn, während der sich umdrehte, um nach seinem Verfolger Ausschau zu halten.

„Karl! Achtung!“, schrie Marlene, was noch mehr Wilhelma-Freunde auf die außergewöhnliche Szene aufmerksam machte und zum Glotzen veranlasste.

Karl nahm Marlenes Warnung reichlich spät zur

Kenntnis. Er sah den Pfau und konnte gerade noch verhindern, dass er das arme Tier niedertrampelte. Stattdessen sprang er ab und machte einen riesen Satz über den mächtigen Vogel, der inzwischen ebenfalls begriffen hatte, dass Gefahr im Verzug war und ängstlich davonhüpfte.

Marlene stöhnte und schlug die Hände überm Kopf zusammen. Jedes Schaf hätte vermutlich einen geschickteren Sprung hingelegt als Karl – der jetzt laut schreiend wieder aufkam und über die Wiese purzelte. Seinem Verfolger ging es allerdings kaum besser: Dem Tierpfleger war soeben ein Kinderwagen in den Weg gerollt, der ihn zum Stürzen brachte. Dieser Unfall zog eine Schimpftirade der Mutter nach sich, die so wütend auf den Mann war, dass sie ihm mit ihrer Windeltasche eins über den Schädel zog.

Marlene klappte der Kiefer herunter angesichts dieser wilden Entwicklung der Ereignisse.

Der Tierpfleger hatte sich aus den Fängen der wütenden Mutter bald befreit und nahm erneut die Verfolgung auf.

Karl hatte sich mittlerweile ebenfalls aufgerappelt und hechelte jetzt die letzten Schritte bis zu Marlene heran, die beinahe laut auflachen musste bei seinem Anblick. Grashalme klebten ihm im Gesicht und auch am Rest des Körpers, seine Wangen leuchteten orangerot und seine Brille hing ihm sonderbar schief auf der Nase. Er schien völlig am Ende seiner Kräfte.

Sie waren jedoch noch nicht aus dem Schneider. Gerade eilte ihr Verfolger an dem armen Pfau vorbei, direkt auf sie zu.

„Komm!“, rief Marlene und rannte die letzten Schritte bis zum Ausgang.

Karl sammelte seine letzten Kräfte und eilte ihr hinterher. Marlene war bereits aus seinem Blickfeld verschwunden, als er noch mit dem Drehkreuz kämpfte, das partout nicht so wollte wie er.

„Verdammte Scheiße!“, fluchte er und rüttelte an dem Ding, bis es endlich nachgab und ihn durchließ. Der Tierpfleger hatte den Ausgang schon beinahe erreicht.

Karl rannte einfach irgendwo hin. Er suchte Marlene, fand sie aber nicht mehr. Da spürte er, wie er von hinten am Kragen gepackt wurde. Fast hätte es ihn umgehauen, doch er konnte seine Balance gerade noch wiederfinden.

„Hey!“, fuhr er den Mann an. „Was soll das? Lassen Sie mich sofort los! Was wollen Sie von mir?“

„Die Frage ist, was ihr von mir wollt, ihr lästigen kleinen Nichtsnutze“, antwortete ihm der Reptilienpfleger, der ebenfalls ganz außer Atem und vollkommen verschwitzt war. „Warum schnüffelt ihr hier rum, hä?“

„Lassen Sie den Jungen los!“, ertönte da die Stimme einer jungen Frau, die nun auf sie zukam und anscheinend vorhatte, Karl zu befreien. Auch mehrere andere Leute gafften, griffen jedoch nicht ein.

„Machen Sie sich keine Sorgen“, sagte Karls Widersacher. „Das ist mein Sohn. Wir haben nur ein kleines Hühnchen zu rupfen.“

„Das stimmt nicht!“, entfuhr es Karl, doch schon fühlte

er eine verschwitzte, fleischige Hand, die sich auf seinen Mund presste. Der Mann zerrte ihn weiter. Vermutlich wollte er irgendwo mit ihm hin, wo sie weniger Publikum hatten. Er zog Karl Richtung Straße, auf einen dort parkenden Kleinbus zu.

Panisch ging Karl durch den Kopf, was mit ihm passierte, wenn der Mann ihn jetzt in den Bus sperrte und entführte. Er glaubte zwar nicht, dass er es mit einem gefährlichen Verbrecher zu tun hatte, aber wer wusste das schon …

Doch plötzlich geschah wieder etwas Unvorhergesehenes: Marlene tauchte auf wie aus dem Nichts und versetzte dem Mann einen so gut gezielten Tritt ins Gesicht, dass ihr Schuhabdruck auf seiner linken Wange zurückblieb. Schockiert ließ er von Karl ab und wollte jetzt auf Marlene losgehen, die allerdings flinker war als er. Sie hatte Karl an der Hand gepackt und schob ihn auf die Rückbank eines Taxis, das direkt neben ihnen stand. Daraufhin sprang sie selbst in das Auto, knallte die Tür zu und schrie den Taxifahrer an: „Los!“

Ihre Aufforderung zeigte eine erstaunlich effektive Wirkung: Der Fahrer fuhr so schnell an, dass die Reifen laut quietschten. Gerade noch rechtzeitig, bevor ihr Verfolger die Taxi-Tür wieder aufreißen konnte.

„Puh“, sagte Marlene und wischte sich über die Stirn. Selbst sie war nun ins Schwitzen geraten.

„Mist, Mist, Mist, verdammter!“, fluchte Karl und schlug mit der Faust von hinten auf die wacklige Kopfstütze des Beifahrersitzes ein. „Wie kann man nur so blöd sein!“ Marlene machte ein verdutztes Gesicht. Sie dachte schon, er meinte sie damit.

„Wieso blöd?“, fragte sie vorsichtig und zog die Augenbrauen zusammen.

Bevor Karl, der weiterhin auf dem Rücksitz des Taxis wütete, antworten konnte, meldete sich der Taxifahrer zu Wort. „Hallo? Huhu!“, sagte er und blickte in den Rückspiegel. Er grinste fröhlich, und in seinem dunkelhäutigen Gesicht zeigte sich eine Reihe blitzend weißer Zähne.

Karl beruhigte sich etwas und nahm erst jetzt wahr, dass das gesamte Wageninnere mit schreiend buntem, kitschigem Krimskrams ausstaffiert war. Allein am Rückspiegel hingen so viele bunte Figürchen, Bändchen, Bildchen und sonstiger Nippes, dass es erstaunlich war, dass der Spiegel unter dem Gewicht nicht herunterkrachte. Das eigenartige Sammelsurium baumelte während der Fahrt wie wild vor der Frontscheibe hin und her, was den vermutlich indisch stämmigen, jungen Fahrer aber keineswegs zu stören schien.

Auf dem Armaturenbrett ging es nicht weniger bunt zu: Eine ganze, vielfarbige Elefantenherde tummelte sich dort, dazwischen thronten mehrere sehr orientalisch wirkende Gestalten, die teilweise vielarmig waren oder Tiergesichter hatten. Indische Gottheiten, vermutete Karl.

„Hallo?“, wiederholte der Taxifahrer gut gelaunt. „Wo wollen Sie hin, meine Dame und Herr?“ Er hatte einen starken Akzent und eine Stimme wie eine Frau.

Karl hatte es die Sprache verschlagen.

„Äh, ja, gute Frage!“, entgegnete Marlene scheinbar unbeeindruckt und beugte sich nach vorne. „Vielen Dank, dass Sie uns mitgenommen haben. Am besten, Sie lassen uns vielleicht an der nächsten U-Bahn-Haltestelle raus.

„Ja, ja, ist gut!“ Der Taxifahrer nickte hektisch und grinste sie abermals durch den Rückspiegel an. „Das war guter Volltreffer im Gesicht! Sehr gut, sehr gut! War böser Mann, ja? Wieso Freund voll mit Gras?“

„Ach so, ja, das stimmt“, sagte Marlene. „Er ist in der Wilhelma auf einer Wiese während einer Verfolgungsjagd über einen Pfau gestolpert und … na ja, wie auch immer. Vielleicht können Sie uns einfach an der nächsten Stelle, wo man anhalten kann, rauslassen?“

Karl brachte immer noch keinen Ton heraus. Ihre Aktion war gründlich in die Hose gegangen. Und das war seine Schuld. Er hätte sich ohrfeigen können vor Wut.

„Ja, ja!“, meinte der Inder. Sein Lächeln wich ihm keinen Moment aus dem Gesicht. „Bisschen Musik, ja?“, sagte er dann und schaltete das Autoradio ein, das – wie der ganze Wagen, ein Mercedes 123 – ein Relikt aus längst vergangenen Zeiten war. Es ertönte ein indischer Gesang mit instrumentaler Begleitung, der für Karls und Marlenes Ohren einer Folter glich. Der Fahrer freute sich jedoch wie ein kleines Kind und fing an, mitzusingen und seinen Oberkörper euphorisch hin und her zu schwingen. „Wie sind eure Namen, meine Dame und Herr?“, wollte er dann wissen. Dabei musste er schreien, um die Musik zu übertönen.

Inzwischen hatten sie den Schwanentunnel in Richtung Stadtzentrum hinter sich gelassen und befanden sich auf der mehrspurigen Cannstatter Straße. Hier gab es keinerlei Haltemöglichkeit, was Karl aufstöhnen ließ.

„Mein Gott, das halte ich keine Minute länger aus", teilte er Marlene mit, die ebenso empfand, es aber nicht laut aussprach.

„Ja, er wird schon halten, sobald es geht", entgegnete sie. Dann wandte sie sich wieder an den schrillen Taxifahrer: „Ich heiße Marlene, und das ist Karl. Äh … da vorne ist doch schon der Hauptbahnhof, oder?" Auch sie musste die Stimme erheben, um sich verständlich zu machen.

Der Fahrer nickte entzückt. „Ja, ja, Hauptbahnhof? Da rauslassen?"

„Ja, bitte, das wäre sehr freundlich", schrie Marlene zurück. Der indische Gesang näherte sich dem Anschein nach seinem musikalischen Höhepunkt. Die Sängerin trällerte in den höchsten Tönen, und die instrumentale Begleitung ließ ein pompöses Tutti erklingen.

Als Marlene und Karl am Hauptbahnhof ausstiegen, atmeten sie erst einmal kräftig durch. Komischerweise wollte der Inder partout kein Geld von ihnen annehmen, sondern drückte ihnen stattdessen seine Visitenkarte in die Hand. Darauf stand „Bharat Bakshi", darunter war ein bunter Elefant abgebildet, und darunter stand eine Handynummer. „Sie rufen an, wenn Sie Fahrer braucht, ja?", rief er ihnen noch zu. „Ade, ade!"

Damit brauste der alte Mercedes wieder davon.

Marlene prustete los vor Lachen. „Was war das denn für einer?"

Karl war weniger zum Lachen zumute. „Ein Inder. Und zwar ein ziemlich Nerv tötender", antwortete er. „Los komm, lass uns mit der Bahn heimfahren. Für heute habe ich echt genug."

„Bharat Bakshi", las Marlene von der Visitenkarte des Taxifahrers ab, während sie sich auf den Weg zur U-Bahn-Station am Hauptbahnhof machten.

„Backfisch?", fragte Karl.

„Bakshi! So heißt unser netter Taxifahrer."

„Oh Gott, hör mir bloß mit dem auf."

„Was ist eigentlich los mit dir? Ist doch eigentlich nichts Schlimmes passiert. Also gut – unsere Aktion ist vielleicht nicht ganz ideal verlaufen, aber immerhin wissen wir jetzt, wer die Schlange geklaut hat. Ist doch gut, oder?", sagte Marlene.

„Ja, ganz prima. Allerdings wüssten wir jetzt auch höchstwahrscheinlich, wer Hanselmanns Mörder ist, wenn ich hirnrissiger Vollidiot nicht hätte niesen müssen und wenn ich es nachher nicht auch noch vermasselt hätte, dem netten Reptilienpfleger sein Handy zu klauen." Karl machte einen ziemlich niedergeschlagenen Eindruck.

„Jetzt müssen wir wieder ganz woanders ansetzen. Bei dem Typen können wir uns wohl schlecht noch einmal blicken lassen."

„Du wolltest ihm sein Handy klauen?", fragte Marlene

verdutzt.

„Ja, selbstverständlich wollte ich das!“, sagte Karl. „Schließlich hätten wir so nur schauen müssen, wen er zuletzt angerufen hat, und hätten den Mörder gehabt. Als der Typ mich vor der Wilhelma am Wickel hatte, habe ich in seine Tasche gegriffen und hatte das Handy schon gepackt. Beim Herausziehen ist es mir aber aus der Hand geglitten und heruntergefallen. Ich könnte mich prügeln!“

„Na ja. Wir werden bestimmt noch irgendwie herausfinden, wer es war. Jedenfalls bin ich froh, dass ich nicht niesen musste“, bemerkte Marlene.

„Ich hätte dir auf der Stelle deinen Lockenkopf abgerissen, ihn eingegipst und als Medusenhaupt teuer verkauft“, bemerkte Karl.

Daraufhin musste Marlene abermals lachen. „Immerhin gehst du davon aus, dass du ihn zu einem hohen Kurs hättest verkaufen können. Das ist doch ein Kompliment, oder?“

Jetzt musste Karl auch grinsen. „Sehr scharfsinnig.“

9

„Ich habe mir das heute Nacht noch mal überlegt, Karl. Wir müssen jetzt zur Polizei", bestürmte Marlene Karl am nächsten Morgen.

Karl hatte tief und fest geschlafen. Es war kurz nach acht Uhr. Jetzt blinzelte er und richtete sich stöhnend in seinem Bett auf. Marlene saß neben ihm und schaute ihn erwartungsvoll an. Ihre krausen Haare standen allesamt nach rechts ab, als hätte man sie eine Weile lang in einem Windkanal abgestellt.

„Spinnst du?", grummelte er. „Ich muss jetzt nicht zur Polizei, sondern aufs Klo."

Damit stand er auf, zog sich eine Jogginghose über und trottete aus dem Zimmer. Marlene folgte ihm.

„Karl", flüsterte sie. „Ich meine es ernst. Das geht so nicht …"

„Ach, ihr seid aber schon früh wach. Das kenne ich ja von dir gar nicht, Karlchen!", flötete da Karls Mutter plötzlich durch den Flur, die durch das Knarren der alten Holzdielen auf die beiden aufmerksam geworden war. „Guten Morgen! Wollt ihr mit mir frühstücken? Ich war schon beim Bäcker Frank und habe Brezeln geholt.

Viel Zeit habe ich allerdings nicht mehr. Leider muss ich gleich los zur Arbeit."

„Ja, gerne!", antwortete Marlene, die wie immer einen ordentlichen Appetit hatte.

Karl hingegen brummte. „Könnt ihr mich mal bitte in Ruhe lassen? Darf ich wenigstens vorher noch alleine und ohne euer Geschnatter aufs Klo gehen? Danke." Damit schlurfte er weiter durch den Flur in Richtung Badezimmer und verschwand.

„Was macht der denn da so lange?", fragte Marlene Karls Mutter etwa zwanzig Minuten später. Sie saßen im Wohnzimmer am Esstisch, und Marlene hatte bereits anderthalb Brezeln und ein Ei verschlungen, dazu hatte sie einen halben Liter Milch hinuntergekippt.

Karls Mutter grinste und zuckte mit den Schultern. „Ich nehme an, er besetzt immer noch die Kloschüssel. Wenn er sein Tablet dabeihat, wie meistens, kann es noch länger dauern. Frag mich aber jetzt nicht, was er da tut. Anscheinend findet er die Atmosphäre dort recht inspirierend", sagte sie. „Karl!", rief sie dann. „Kommst du da irgendwann wieder raus?"

Es kam keine Antwort. Kurz darauf hörten sie allerdings, wie sich die Badezimmertüre öffnete und Karl herauskam.

„Wie kann man es denn auf dem Klo so gemütlich finden?", wollte Marlene wissen, als er im Wohnzimmer erschien.

Karl winkte nur ab, setzte sich an den Tisch, schenkte sich einen Orangensaft ein und schnappte sich eine

Brezel. Dann hielt er sich sein Tablet vor die Nase und schenkte den beiden keine Beachtung mehr.

***

„Also, was ist jetzt?“, fragte Marlene, als Karls Mutter kurze Zeit später aus dem Haus war.

„Wir besuchen jetzt Frau Hanselmann, beziehungsweise Hanselmanns Nachbarn. Vielleicht können die uns irgendwas Interessantes berichten. Mal sehen, wie das Verhältnis zu seiner Frau so war. Wer weiß … Vielleicht hatten die ja Krach miteinander oder er hatte eine andere. Viele Morde geschehen aus Eifersucht.“

„Du meinst, dass seine Frau ihn umgebracht hat?“

„Keine Ahnung. Könnte aber sein. Jedenfalls vermute ich hinter dem Mörder eher eine Frau. Mit Gift haben schon immer eher Frauen gemordet. Männer wenden rohere Gewalt an, wenn sie jemand töten wollen.“

Marlene dachte kurz nach. „Das könnte schon sein … Erinnerst du dich noch an diese Sängerin auf dem Friedhof bei der Beerdigung? Die war ja irgendwie komisch. Vielleicht war sie Hanselmanns Geliebte.“

„Das ist sehr spekulativ, aber durchaus möglich“, kommentierte Karl. „Jedenfalls habe ich jetzt alle Infos über Hanselmann aus dem Internet gequetscht, die es gibt: Er wohnte mit seiner fünf Jahre jüngeren Frau in einem Haus auf dem Killesberg in der Lenzhalde. Kinder hatte er keine. Seine Frau ist – und das finde ich interessant – Chemikerin und arbeitet in irgendeinem Chemielabor.

Die beiden leben erst seit einem knappen halben Jahr in Stuttgart und sind wohl wegen der Stelle an der Stuttgarter Oper hierher gezogen. Vor kurzem ist Hanselmann sogar zum Chefdirigenten ernannt worden. Einträge im Polizeiregister hat er keine. Er scheint ein braver Bürger gewesen zu sein."

„Polizeieinträge?", hakte Marlene nach. „Woher weißt du das denn?"

„Ich habe nachgeschaut."

Marlene seufzte. „Ja, das dachte ich mir schon. Soweit ich weiß, ist das Polizeiregister aber nicht für jeden zugänglich."

Karl grinste. „Das ist richtig. Ich hatte aber einmal Glück – das heißt, eigentlich ist dieser Umstand meinem Grips und meinem Eifer zu verdanken –, und seitdem habe ich Zugang zum polizeiinternen Netzwerk."

Marlene machte große Augen. „Du kannst alles abrufen? Also auch Verbrecherkarteien und so?"

„Klar. Alles. Ich habe auch schon unseren Schlangenfreund aus der Wilhelma gecheckt. Er hatte mal ein Problem mit der Polizei wegen einer Schlägerei, aber das ist schon lange her."

„Und wie bist du an diesen Zugang rangekommen?"

„Bis vor ein paar Monaten habe ich immer mal heimlich in den Altpapiertonnen hinter dem Polizeirevier nach interessanten Fundstücken gestöbert. Irgendwann fand ich die Versetzungspapiere eines jungen Polizisten, der von Stuttgart irgendwohin aufs Land versetzt wurde. Zu meinem Glück war sein Benutzername auf den

Dokumenten notiert. Das dazugehörige Passwort herauszukriegen, war dann kein Problem mehr. Unter normalen Umständen wäre sein Account nach einigen Wochen ohne aktiven Zugriff automatisch gelöscht worden. Da ich aber ja jetzt seinen Account regelmäßig benutze, ist er nach wie vor aktiv – und sehr nützlich für mich und meine Recherchen. Und keiner merkt's."

„Ach was", staunte Marlene. „Hätte die Polizei diese Unterlagen nicht vernichten müssen?"

„Sicher. Daran sieht man mal wieder, wie schlau die sind."

Eine kurze Pause entstand. Dann meinte Marlene: „Wir müssen trotzdem zur Polizei. Bestimmt machen wir uns auch strafbar, wenn wir nicht melden, was wir wissen. Schließlich weiß keiner – außer den Beteiligten und uns –, dass Hanselmann ermordet wurde. Und der wird jetzt in seinem Grab von den Würmern gefressen."

„Ja, ja", entgegnete Karl. „Das machen wir ja auch. Bald. Jetzt fahren wir aber erst mal in die Lenzhalde und schauen, was wir dort herausfinden können. Vergiss nicht: Wir wissen zwar Einiges. Aber die einzigen Beweise, die wir haben, sind die Fotos von der Bisswunde an Hanselmanns Knöchel. Und die können wir der Polizei nicht zeigen, ohne als Einbrecher entlarvt zur werden. Willst du das?"

„Nein", gab Marlene zähneknirschend zu. Dann fragte sie: „Warum findest du es eigentlich interessant, dass Hanselmanns Frau Chemikerin ist?"

Karl schüttelte den Kopf und sah sie beinahe mitleidig

an. „Also manchmal denkst du wirklich keinen Meter weit. Natürlich, weil sie sich dann mit Giften auskennt", sagte er dann.

Marlene schluckte ihren Ärger über Karls Seitenhieb hinunter und sagte: „Ach so. Na gut. Also, gehen wir? Nehmen wir die Fahrräder?"

Karl machte ein Gesicht, als hätte sie ihm vorgeschlagen, mit einem Pferd Tango zu tanzen. „Ganz sicher nicht. Wir müssen aus dem Kessel raus und auf den Killesberg hochfahren", erklärte er. „Wir nehmen den Bus."

***

„Fällt dir eine glaubhafte Geschichte ein, die wir dieser Frau Hanselmann erzählen können, damit sie uns ein paar Fragen beantwortet?", wollte Karl wissen, nachdem sie am Marienplatz in die Buslinie 43 eingestiegen waren. „Am besten wäre es natürlich, wir könnten uns in Hanselmanns Büro oder seinen privaten Räumen umsehen."

„Du bist vielleicht witzig", antwortete Marlene. „Das kannst du völlig vergessen. Die lässt uns im Leben nicht in ihrem Haus herumwühlen. Und ich glaube auch nicht, dass sie Lust hat, sich mit zwei dahergelaufenen Teenies über den Tod ihres Mannes zu unterhalten."

„Dir fällt also nichts ein?"

„Nein."

„Okay. Schade. Dann fangen wir mit den Nachbarn an. Denen können wir ja die Geschichte auftischen, die du in der Oper erzählt hast. Von wegen Schulprojekt und so … Kannst du das dann bitte erklären – ich bin da nicht so gut", sagte Karl.

„Ja, kann ich schon. Aber was wollen wir die denn fragen?"

„Zum Beispiel, ob ihnen in letzter Zeit irgendetwas Ungewöhnliches bei den Hanselmanns aufgefallen ist. Egal was – alles könnte interessant sein und zu irgendwelchen Schlüssen führen, was den Mord angeht."

„Hmm."

Karl ging in Gedanken alle Fragen durch, die er den Nachbarn der Hanselmanns stellen wollte. Ob sie damit weiterkamen, war sehr ungewiss, das war ihm klar. Aber nach der schief gelaufenen Wilhelma-Sache mussten sie jetzt eben woanders nach Indizien suchen. Vielleicht hatten sie ja heute mehr Glück.

Schließlich gab es viele Menschen, gerade unter den neugierigen Schwaben, die über ihre Nachbarn besser Bescheid wussten als diese über sich selbst. Allerdings gab es mindestens ebenso viele, die nicht einmal den Namen ihrer Nachbarn kannten, geschweige denn wussten, wie diese aussahen.

Gut, dass Marlene dabei war, dachte sich Karl. Er musste sich eingestehen, dass er ohne ihre Hilfe große Schwierigkeiten gehabt hätte, in den Ermittlungen so weit zu kommen. Dennoch – wer der Giftmörder nun war, stand noch völlig in den Sternen.

Karl sah Marlene gedankenverloren an. Irgendwie erinnerte ihr dunkelhäutiges Gesicht ihn an das der ägyptischen Königin Nofretete, deren Büste Karl vergangenes Jahr im Museum in Berlin gesehen hatte.

„Was guckst du mich so an?“, fragte Marlene. „Hängt mir irgendwas an der Nase?“

Karl schüttelte den Kopf und errötete ein wenig. „Ich dachte nur gerade, dass du der Nofretete ein wenig ähnlich siehst.“

Marlene prustete los. „Ich bin ja gespannt, was dir noch so alles einfällt! Gestern hast du mich noch mit der Medusa verglichen, heute gleiche ich plötzlich der Nofretete. Du hast echt ’n Knall, Karl. Aber danke – soweit ich mich erinnere, ist diese Nofretete doch recht hübsch, oder?“

„Sehr hübsch sogar“, antwortete Karl und bemerkte zugleich verärgert, was er damit zum Ausdruck gebracht hatte. Er hatte nicht vorgehabt, Marlene Honig ums Maul zu schmieren.

Er räusperte sich und wechselte das Thema: „Wir sind gleich da. Also – du hast deine Lügengeschichten parat?“

Marlene grinste. „Ja, Chef.“

Von der Bushaltestelle *Schottstraße* in der Lenzhalde waren es nur noch wenige Meter bis zu dem Haus, in dem der ermordete Dirigent gewohnt hatte.

Von außen war nicht viel zu sehen. Ein Tor versperrte den Zugang auf das große Grundstück am Hang, dahinter führten Treppen hinauf zum Hauseingang. Zur Straße hin hatte das Gebäude einen mehrstöckigen Glasanbau.

„Wow“, murmelte Marlene. „Nicht schlecht. Von da

oben hat man bestimmt einen tollen Blick über die Stadt."

„Ja, vermutlich. Dafür braucht es aber auch bestimmt eine Menge Kohle. Ich schätze, unser Dirigent wird recht gut verdient haben. Los, komm, wir gehen mal ans Tor", sagte Karl.

Es gab drei Klingelschilder. Auf den oberen zwei stand *Hanselmann*, auf dem unteren *Eierle*. Karl huschte ein Lächeln übers Gesicht. Das war schon mal gut: Es wohnte außer den Hanselmanns offenbar noch jemand im Haus.

„Na, vielleicht kann Herr oder Frau Eierle uns ja weiterhelfen, sofern einer von ihnen zu Hause ist", meinte er. „Los, lass uns klingeln, und dann übernimmst du erst mal, ja?"

„Okay."

Schon drückte Karl den Klingelknopf. Kurz darauf ertönte die Stimme einer älteren Frau aus der etwas in die Jahre gekommenen Sprechanlage.

„Ja, guten Tag", fing Marlene an, stellte sich und Karl vor und beschrieb dann ausführlich den Grund ihres Besuchs.

Nach einer kurzen Pause sagte die Frau: „Nun – kommen Sie erst einmal hoch, bitte, ja?"

Als Marlene und Karl den Hauseingang erreicht hatten, stand eine Dame in der Tür, die nicht nur älter, sondern eher steinalt zu sein schien. Sie war sehr klein und sehr zierlich, trug ein dunkelblaues Kostümchen mit Minirock und Bluse, und war perfekt geschminkt und frisiert. Die Haut in ihrem Gesicht war eine einzige Faltenlandschaft, doch ihre hellblauen Augen funkelten hellwach und strahlten ein fröhliches Gemüt aus. Die Dame lächelte die beiden an. „Guten Tag! Das ist ja nett, dass ihr da seid. Ihr seid bestimmt wegen meinem kleinen Fritzle hier, richtig?"

Fritzle? War diese Frau vielleicht senil und wirr im Kopf? Karl wollte schon zu einer Antwort ansetzen, bekam dann aber einen Seitenhieb von Marlene, die sogleich das Reden übernahm: „Nein, Frau Eierle, wir sind nicht wegen ihrem Fritzle da. Wer ist denn Fritzle? Ihr Hund?"

Die Dame gluckste. „Ha noi! Fritzle ist mein Katerle, und der braucht doch bald für ein paar Tage eine Betreuung. Ihr seid also nicht wegen meinem Fritzle hier?"

Frau Eierle redete ein so ausgeprägtes Schwäbisch, dass ein Mensch aus einem anderen Teil Deutschlands vermutlich kein einziges Wort verstanden hätte. Karl bemühte sich stets um eine dialektfreie Aussprache, doch Marlene war da anders. Auch sie ließ jetzt ihr breitestes Schwäbisch heraus.

„Nein, wie gesagt, wir sind nicht wegen dem Fritzle hier", sagte sie. „Wir haben ja gerade schon an der Sprechanlage erklärt …"

„Ach ja, an der Sprechanlage", unterbrach die Dame sie. „Wisst ihr, meine Ohren sind nicht mehr die besten – sind ja auch schon etwas älter, die beiden Exemplare –, und da verstehe ich über die Sprechanlage so gut wie nichts, wisst ihr? Aber wollt ihr nicht hereinkommen?

Ich habe gerade einen Tee gekocht."

Beim Stichwort Tee wurde es Karl ganz anders. Bei dieser Hitze einen heißen Tee – das grenzte ja an Selbstmord.

„Ach ja, sehr gerne", sagte Marlene freundlich, woraufhin Frau Eierle die beiden aufforderte, einzutreten.

Die Temperatur im Haus war wenigstens ein klein wenig angenehmer als draußen. Sie gingen durch einen Flur, auf dem unzählige bis unter die Decke vollgestopfte Bücherregale standen, in ein lichtdurchflutetes Wohnzimmer mit einem großen Esstisch, an dem Frau Eierle sie einlud, Platz zu nehmen. Eine dampfende Teekanne stand auf dem Tisch und verströmte einen aromatischen Duft. Der Raum war geschmackvoll und modern eingerichtet.

„Ich hol noch g'schwind zwei weitere Tässle." Damit füßelte die alte Dame wieder fort, um kurz darauf mit zwei zierlichen Porzellantässchen wieder zu erscheinen.

„Also, ihr seid nicht wegen meinem Fritzle da, richtig?"

Bevor jemand antworten konnte, ließ Frau Eierle wieder ihr glucksendes Lachen ertönen. „Natürlich seid ihr nicht wegen dem Fritzle da, das weiß ich ja längst."

„Nun, dann wäre das ja geklärt", sagte Karl, der langsam ungeduldig wurde.

„Es ist so", sagte Marlene und gab abermals ihre Geschichte mit dem Schulprojekt zum Besten. Zwischendurch wurde sie erneut von der Dame unterbrochen. „Liebes, sprich doch bitte ein bisschen lauter, ja? Du weißt ja, meine Ohren …“

Marlene nickte, lächelte und fuhr fort. „Und da wir unsere Schein-Ermittlungen möglichst gründlich und gewissenhaft durchführen wollen, damit wir nachher eine gute Note für unser Projekt bekommen, müssen wir natürlich auch die Nachbarn des Toten befragen, von dem wir ja annehmen, er sei ermordet worden“, schloss sie. Seitdem sie die Aufforderung bekommen hatte, lauter zu reden, schrie sie regelrecht.

„Ich verstehe“, sagte Frau Eierle und strahlte. „Das ist ja mal eine interessante Sache. So etwas durften wir früher in der Schule nicht machen. Vielleicht ist Herr Hanselmann ja tatsächlich ermordet worden!“, sagte sie dann, und ihr Gesicht nahm einen verschwörerischen Ausdruck an.

„Wie kommen Sie darauf?“, wollte Karl wissen, den dieser Hinweis sofort hellhörig machte, obwohl er sich immer noch nicht ganz sicher war, ob Fritzles Frauchen eigentlich ernst zu nehmen oder eine verwirrte Alte war.

„Na ja …“, antwortete Frau Eierle. „Wer weiß das schon. Er und seine Gattin haben sich ziemlich oft gestritten, ja, da ging's richtig heiß her teilweise. Er schien in letzter Zeit sehr angespannt und gestresst. Er kam ja auch immer erst spät heim und musste gleich in der Früh wieder fort. Viel gearbeitet hat er, der Hanselmann, ja ja … Und dann war da noch dieser geheimnisvolle Besucher, der da immer aufgetaucht ist, wenn der Hanselmann nicht im Hause war, und oft viele Stunden lang geblieben ist.“

„Ein Besucher, sagen Sie? Sie wissen aber nicht, was

dieser Besucher hier gemacht hat? Er hat also regelmäßig Frau Hanselmann besucht?“, hakte Karl nach, der inzwischen sein Tablet vor sich liegen hatte, um ihr Gespräch zu dokumentieren. „Aber Frau Hanselmann ist doch selbst ebenfalls berufstätig, oder?“

„Selbstverständlich, ja. Frau Dr. Hanselmann ist Chemielaborantin und arbeitet Vollzeit. Sie ist aber jeden Abend gegen achtzehn Uhr zu Hause“, wusste Frau Eierle.

„Dann kam dieser Besucher also immer nach achtzehn Uhr abends?“, fragte Karl.

„Wie bitte? Du musst schon ein bisschen lauter sprechen, junger Mann.“

„Dann kam dieser Besucher also immer nach achtzehn Uhr abends?“, wiederholte Karl, dieses Mal wesentlich lauter.

„Ja, sicher. Vorher ist Frau Dr. Hanselmann ja nicht hier“, antwortete die alte Dame.

„Und wissen Sie zufällig, wer dieser Besucher ist?“

Frau Eierle grinste schelmisch. „Nein! Das wüsste ich aber zu gern! Wisst ihr, ich bin ein wenig neugierig, das muss ich zugeben.“

„Wie sieht denn dieser Besucher aus? Können Sie uns das sagen?“, fragte Karl.

„Nun … ja, ganz normal eigentlich. Er ist vielleicht so um die fünfzig, würde ich sagen, ja so um die fünfzig etwa, und er ist immer recht elegant gekleidet. Dick ist er nicht, nein, aber dünn auch nicht, also ganz normal, und er ist so etwa einen Meter achtzig groß.“

Damit war nicht gerade viel anzufangen. Diese Beschreibung traf wahrscheinlich auf tausende Stuttgarter zu. „Trägt er eine Brille? Und haben Sie vielleicht einmal gesehen, ob er mit dem Auto kommt, und vielleicht sogar, mit was für einem?“, bohrte Karl weiter.

Die alte Dame gluckste. „Ihr seid ja schon richtige Kriminalisten, ihr beiden!“. Dann schüttelte sie lächelnd ihren kleinen Kopf. „Nein, über sein Auto kann ich euch leider nichts berichten. Aber eine Brille trägt er, ja, das weiß ich!“

Karl überlegte einen Moment. Dann wechselte er das Thema: „Wissen Sie, ob Herr Hanselmann irgendwelche Feinde hatte?“

„Ob er was hatte, Liebes?“

„Feinde!“, schrie Karl. „Ob er Feinde hatte!“

„Feinde? Ach, na so was“, antwortete die alte Dame. „Also nein, das kann ich mir gar nicht vorstellen. Das Ehepaar Hanselmann ist ja auch erst vor wenigen Monaten nach Stuttgart gezogen. Aber mit Gewissheit kann ich das natürlich nicht sagen.“

Karl nickte. Seiner Miene war anzusehen, dass er nicht gerade begeistert war über die Ergebnisse des Gesprächs mit Frau Eierle. „Sie sagten vorhin, die Hanselmanns hätten immer wieder miteinander gestritten. Haben Sie da zufällig mal mitgekriegt, um was es ging?“

„Ach nein, leider nicht. Meine Ohren … ihr wisst ja.“

Jetzt schaltete sich Marlene ein: „Halten Sie es für denkbar, dass Herr Hanselmann eine Geliebte hatte?“

„Ei ei ei“, sagte Frau Eierle. „Wer weiß das schon! Aber

der Herr Hanselmann war ja ein gut aussehender und sehr erfolgreicher Mann. Natürlich ist das denkbar." Die Dame gluckste wieder, wobei ihr ganzer Körper auf und ab wippte. „Vielleicht hatte er ja eine heimliche Geliebte und hat sich mit ihr in seinem Gartenhäusle getroffen", sagte sie dann mit verschwörerischem Unterton.

„Ein Gartenhäuschen?", meinte Karl. Das war ja endlich mal wieder eine einigermaßen interessante Information. „Wo ist denn dieses Gartenhäuschen? Wissen Sie das?"

„Ja sicher weiß ich das, mein Junge! Schließlich gehört das Gärtle ja mir, genauso wie dieses Anwesen hier. Das Grundstück befindet sich auf der Wangener Höhe."

Daraufhin beschrieb Frau Eierle ihnen einigermaßen verständlich, wo sich das Gartengrundstück in dem Naturschutzgebiet oberhalb des Stadtteils Wangen befand.

„Herr Hanselmann sagte einmal, er könne dort gut arbeiten, weil es so ruhig sei. Der Schlüssel fürs Häusle befindet sich übrigens unter dem Blumentopf rechts unter dem kleinen Fenster – falls der Herr Dirigent sich nicht ein anderes Versteck ausgedacht hat."

Frau Eierle zwinkerte ihnen zu. „Möchtet ihr vielleicht noch einen Tee?"

10

„Schon wieder ein Einbruch? Karl … das wäre schon der dritte“, meinte Marlene wenig begeistert, als die beiden wieder im Bus saßen und Richtung Innenstadt fuhren. Mehr Informationen als die von Frau Eierle hatten sie nicht bekommen: Die Nachbarn, die das nächst höhere Haus auf der Lenzhalde bewohnten, waren nicht zu Hause gewesen, auf dem auf der anderen Seite gelegenen Grundstück hatten sie nur zwei Kinder und deren Kindermädchen angetroffen, das Herrn Hanselmann nicht einmal kannte, und die Ehefrau des Verstorbenen war erwartungsgemäß ebenfalls nicht zu Hause gewesen.

„Ach, das ist doch gar kein richtiger Einbruch. Die alte Eierle hat uns doch gesagt, wo der Schlüssel liegt, und ihr gehört ja schließlich die Hütte. Falls Hanselmann irgendwelche Geheimnisse hatte, könnte es doch gut sein, dass es in diesem Gartenhäuschen irgendetwas gibt, was uns Hinweise liefert“, konterte Karl.

„Also gut“, sagte Marlene. „Ich komme mit, aber ich gehe da nicht rein. Ich habe keine Lust auf eine Anzeige wegen Einbruchs.“

„Ja, ja, ist ja schon gut.“ Karl hob die Hände, als würde

er sich ergeben. „Kein Problem – ich gehe alleine rein."

Den Nachmittag verbrachten Karl und Marlene allein zu Hause.

Ihren nächsten Ermittlungsschritt, also den Ausflug zu dem Gartengrundstück auf der Wangener Höhe, hatten sie für nachts geplant, damit das Risiko, entdeckt zu werden, möglichst gering war. Schließlich war davon auszugehen, dass jetzt im Hochsommer zahlreiche Gütle-Besitzer sich dort oben ihre Zeit vertrieben.

Karls Mutter war auf irgendeiner Fortbildung in Frankfurt und würde erst am nächsten Tag nach Stuttgart zurückkehren, sodass Karl und Marlene ihren Ausflug in Ruhe und ungestört vorbereiten und besprechen konnten.

Gegen viertel vor zwölf Uhr nachts verließen sie das Haus. Um zwei Minuten vor Mitternacht wollten sie die U1 am Marienplatz erwischen. Dieses Mal nahmen sie wieder die Fahrräder mit, um nachher in dem hoch über dem Neckartal gelegenen Gebiet keine langen Fußmärsche zurücklegen zu müssen. Die ganze Strecke mit dem Fahrrad zu fahren, kam vor allem für Karl nicht in Frage, da sie einen erheblichen Höhenunterschied überwinden mussten.

Als sie endlich das Haus im Strohberg verließen und sich auf ihre Räder schwangen, achteten sie nicht darauf, was auf der gegenüberliegenden Straßenseite geschah: Eine dunkle BMW-Limousine wurde gestartet und heftete sich an ihre Fersen. Als Karl und Marlene am Marienplatz die Treppen hinab zur U-Bahn-Station nahmen, ärgerten sich die beiden Insassen des Wagens.

„Es ist nicht nur lächerlich, sondern auch ganz schön lästig, Kinder zu observieren", sagte der hagere Typ mit der Brille auf dem Beifahrersitz. „Und jetzt?"

„Na was schon", entgegnete der Fahrer. „Du fährst mit den Kleinen Bahn und lotst mich hinterher. Klar? Los, mach schon, bevor sie weg sind!"

Der Hagere murmelte etwas, stieg kurz vor der Bushaltestelle am Marienplatz aus und machte sich auf die Socken.

Buchstäblich in der letzten Sekunde erreichte er die U1, in der Karl und Marlene es sich bereits gemütlich gemacht hatten. Er blieb einige Meter weiter hinten stehen, zückte sein Handy und rief seinen Kumpanen an, um ihm die erforderlichen Infos mitzuteilen. Nach etwa vier Minuten sagte er leise: „Charlottenplatz. Sie steigen aus."

Die Bahnfahrt war allerdings noch nicht beendet, wie der Hagere genervt feststellen musste. Die beiden Jugendlichen blieben auf dem Bahnsteig und stiegen weitere sieben Minuten später in die U15 Richtung Sillenbuch.

Wenigstens hatte er die Zeit genutzt, um einen Fahrschein zu lösen. Sollte er beim Schwarzfahren erwischt werden, war die Observierung vorbei – und sie würden auf ihr beachtliches Honorar verzichten müssen. Wieder positionierte er sich so, dass er den Jungen und das Mädchen gut im Blick hatte. Sein Handy behielt er fortwährend am Ohr.

Die Fahrt ging bis zur Haltestelle *Geroksruhe* am Rand des Naherholungsgebietes Wangener Höhe.

„Was wollen die bloß hier um diese Zeit?“, nuschelte er in sein Mobiltelefon, als er aus der Bahn stieg.

Seinen Blick löste er keinen Moment von den zweien, die er verfolgte, und die jetzt wieder auf ihre Räder stiegen, um in die kleine Straße einzubiegen, die durch das bewaldete Gebiet Richtung Waldebene Ost führte. Der dunkle BMW war inzwischen ebenfalls angekommen. Erleichtert, dass es nun wieder mit dem Auto weiter ging, ließ der Hagere sich auf den Beifahrersitz fallen. „Das wird ja langsam richtig spannend“, sagte er, während sie wieder die Verfolgung aufnahmen. „Was mag wohl hinter dieser Sache stecken? Warum lässt man zwei Teenies observieren – und zahlt so einen Batzen Geld dafür?“

„Keine Ahnung“, antwortete der Fahrer und zog an seinem Zigarillo. „Ist mir aber auch wurscht. Hauptsache, wir kriegen die Kohle.“

***

„Da vorne ist der Brunnen, den Frau Eierle meinte“, sagte Marlene, nachdem sie die Waldebene Ost und die beliebte Gaststätte *Onkel Otto* längst hinter sich gelassen und eine scheinbar unendliche Reihe an mehr oder weniger gepflegten Gartengrundstücken passiert hatten. „Da müssen wir dann rechts. Mann, ist das düster hier. Fast, wie bei uns auf dem Land.“

„Ich frage mich, was dieser Typ hier mitten in der Nacht zu suchen hat“, entgegnete Karl. „Der fährt uns schon seit der U-Bahn-Station hinterher.“

Marlene sah sich noch mal um. Gerade tauchten schon wieder die Scheinwerfer des dunklen Wagens hinter ihnen auf. Dann zuckte sie mit den Schultern. „Keine Ahnung. Vielleicht fährt er noch zu irgendeiner Gartenparty oder trifft sich mit seiner Geliebten.“

„Hm“, machte Karl. „Da vorne rechts muss es sein. Das ist der Parkplatz, den die Eierle uns beschrieben hat, oder?“

Marlene sah Karl an und nickte. Kurz darauf fuhren sie auf den kleinen Parkplatz und stellten ihre Räder ab. Über einen mit Gras bewachsenen Hang erreichten sie den schmalen Fußweg, der sie zu dem Gartengrundstück der alten Dame führen sollte. Mit Taschenlampen ausgerüstet stapften sie den Pfad entlang. Rechts und links lagen weitere Gartenanlagen, die jeweils mit kleinen Hütten ausgestattet waren.

„Das ist ja echt cool hier!“, bemerkte Marlene flüsternd. „Und das so nahe an der Stadt.“

„Ja, wenn man sich gerne in der Natur aufhält, ist es cool.“

„Bist du denn nicht auch mal gerne im Grünen?“

„Nein. Hier gibt es ja nicht einmal Steckdosen.“

Marlene konnte sich ein leises Kichern nicht verkneifen. „Stimmt. Du würdest wahrscheinlich Entzugserscheinungen kriegen, sobald dein Tablet keinen Saft mehr hat, oder?“

„Die Frage ist: Was sollte ich hier tun? Rasen mähen? Sicher nicht. Ich benötige weder eine Wiese noch Bäume, Blumenbeete oder sonst irgendwas in der Art, um glücklich zu sein."

„Schau mal, da vorne geht es nach rechts und links ab. Da muss auf der linken Seite der Garten sein!", sagte Marlene. Im selben Moment knackte irgendetwas hinter ihnen. Karl fuhr mit seiner Taschenlampe blitzartig herum, konnte jedoch nichts Auffälliges entdecken. „Irgendwie fühle ich mich verfolgt", wisperte er.

„Ach, du spinnst. Du liest zu viele Kriminalromane. Los komm!"

„Okay. Also, du wartest hier, und ich durchsuche die Hütte", sagte Karl, als sie das am Hang gelegene Grundstück betreten hatten. Das Gartenhäuschen lag etwas weiter unten.

„Alles klar. Schalte dein Handy auf Vibration. Wenn was ist, melde ich mich", antwortete Marlene und nahm Stellung neben einem Komposthaufen unter einem Pflaumenbaum ein.

Karl huschte davon. Mit der Taschenlampe fand er schnell den Blumentopf neben der Eingangstüre, und tatsächlich befand sich nach wie vor darunter der Schlüssel. Er grinste triumphierend. Als er jedoch das Vorhängeschloss an der Tür damit öffnen wollte, stellte er verwundert fest, dass das Schloss gewaltsam aufgebrochen und die Tür nur angelehnt war.

Unvermittelt fing sein Herz an, schneller zu pochen. War etwa jemand schon vor ihnen hier gewesen? Aus demselben Grund? Karl horchte an der Tür, konnte aber nichts hören.

Wer auch immer vorher hier gewesen war, hatte seinen Besuch bereits wieder beendet und sich vom Acker gemacht.

Vorsichtig öffnete Karl die Tür, was ein leises Knarzen zur Folge hatte. In ihm kribbelte es vor Aufregung, als er mit seiner Taschenlampe das Innere der Hütte ausleuchtete.

Jemand hatte alles verwüstet! In der Hütte sah es aus, als wäre ein Hurrikan hindurchgefegt. Karl ging hinein, schloss die Tür hinter sich und sah sich um.

Das Gartenhäuschen war ziemlich klein, schien aber, mal abgesehen von der Verwüstung, ziemlich sauber und gepflegt. In der Ecke lag eine Matratze, das Bettzeug lag unordentlich daneben. Auf der anderen Seite stand ein winzig kleiner Tisch, auf dem nicht viel mehr als ein Laptop Platz finden konnte. Die Tischplatte war leer gefegt und auf dem ganzen Boden verstreut lagen Stifte, Notizzettel, einzelne Notenblätter und zum Teil stark beschädigte Partituren. Dann gab es noch eine Art Küchennische mit einem kleinen Schränkchen, das ebenfalls ausgeräumt worden war. Jemand hatte Tassen, Besteck, Kaffeepulver, Zuckerwürfel und einen Camping-Gasherd ohne Rücksicht auf Verluste heruntergeschmissen. Offenbar hatte der Einbrecher, der Karl zuvorgekommen war, irgendetwas ziemlich intensiv gesucht. Ob er fündig geworden war, wusste Karl natürlich nicht. Er konnte nur hoffen, dass der tote Dirigent vielleicht ein Versteck gefunden hatte, das anderen entging … ihm aber nicht.

Wo würde er etwas verstecken, wenn er es müsste?, fragte sich Karl und ließ den Strahl seiner Taschenlampe erneut durch die Hütte gleiten.

Im Bett vielleicht? Das Laken hatte sein Vorgänger bereits abgenommen und in die Ecke gefeuert. Karl untersuchte aufmerksam die Matratze von allen Seiten, fand aber nichts. Als nächstes besah er sich die Unterseite des kleinen Tisches, entdeckte aber auch dort nichts. Erst einige Minuten später, als er eine Thermoskanne in Augenschein nahm, die auf den Boden gefallen war, erhellte sich sein Gesicht.

In der Kanne klapperte etwas! Gespannt schraubte er den Deckel ab und drehte den Behälter um. Und da war es: Ein USB-Stick, der direkt in seine Handfläche glitt.

„Ha! Nicht schlecht, Herr Dirigent, das muss man Ihnen lassen", sagte Karl leise. Er überlegte kurz, fischte dann sein Tablet und ein USB-Adapterkabel aus seiner Tasche und sicherte die Dateien, die auf dem Stick gespeichert waren. Daraufhin packte er seine Gerätschaften wieder ein, schob den Stick in die Hosentasche und verließ die Hütte.

Seine Taschenlampe hätte er gerne ausgelassen, um dem Risiko, gesehen zu werden, aus dem Weg zu gehen, doch dann wäre er unweigerlich im Bohnenbeet zu Fall gekommen oder, noch schlimmer, den Hang Richtung Rohracker hinuntergestürzt. Nein, ohne Licht war das hier nicht zu machen. Es war finster wie in einem Mauseloch.

Als er Marlene wieder gefunden hatte, flüsterte diese: „Na endlich. Das hat ja ewig gedauert! Du, ich glaube, hier ist irgendjemand!“

„Ach, was“, antwortete Karl. „Sicher nur ein Fuchs oder eine Eule oder was weiß ich was für ein Getier. Los, lass uns abhauen. Wir sind hier fertig.“

***

Der Hagere griff zu seinem Smartphone und wählte die Nummer ihres geheimnisvollen Auftraggebers. Es war zwar mitten in der Nacht, doch es war wichtig, und da würde der Typ ihnen wohl nicht böse sein, falls sie ihn aus dem Schlaf rissen. Die zwei Jugendlichen waren in ein Gartenhäuschen auf der Wangener Höhe eingebrochen – daran bestand kein Zweifel –, und ihr Auftraggeber hatte ihnen eingeschärft, sich bei jeglicher außergewöhnlichen Aktivität der beiden Teenies zu melden und Bericht zu erstatten.

Der BMW folgte den beiden Fahrrädern in sicherem Abstand, während das Freizeichen auf dem Smartphone des bebrillten Hageren erklang. Nach nur drei Mal Klingeln nahm jemand ab: „Hallo?“

Die Stimme des Mannes klang wach und alarmiert. Er hatte also noch nicht geschlafen.

„Ja, hören Sie, Ihre beiden Teenies haben heute Nacht einen interessanten Ausflug gemacht“, antwortete der Detektiv und erklärte in wenigen, knappen Sätzen, was sie über die Aktivitäten ihrer Zielpersonen hatten herausfinden können.

Nach einem kurzen Moment der Stille sagte sein Gesprächspartner, dessen Namen er selbst nicht kannte: „Verstehe. Wissen Sie, ob die Kinder etwas Bestimmtes entwendet haben?“

„Leider nein. Wir konnten nicht zu nahe heran, sonst hätten sie uns entdeckt. Der Junge trägt eine Umhängetasche mit sich. Was darin ist, wissen wir nicht. Wie sollen wir vorgehen? In wenigen Minuten werden wir die U-Bahn-Haltestelle *Geroksruhe* erreicht haben. Vermutlich fahren die beiden von dort aus wieder nach Hause ins Lehenviertel.“

Abermals entstand eine kurze Pause. Der Hagere hörte, wie ihr Auftraggeber einmal tief ein- und ausatmete. Dann fragte er: „Haben Sie die Möglichkeit, die Kinder gefangen zu nehmen und irgendwo festzuhalten?“

Jetzt war es an dem Hageren, kurz innezuhalten. Fragend sah er seinen Partner an, der das Gespräch über Lautsprecher mitverfolgte, während er den Wagen steuerte. Sie passierten gerade das Lokal *Onkel Otto*. Der Fahrer blinzelte ein paar Mal nervös und bedeutete dann seinem Kollegen per Handzeichen, dass er sich nach dem Honorar für eine solche riskante Aktion erkundigen sollte. Der verstand sofort.

„Nun, Herr Soundsoviel, die Möglichkeit haben wir, ja. Eine Kindesentführung war allerdings nicht abgemacht, deshalb … müssen wir in diesem Fall noch einmal über unsere Entlohnung sprechen, wenn Sie verstehen.“

„Ich lege noch einmal zwanzigtausend drauf“, kam prompt die Antwort. „Sie sagen mir, sobald alles erledigt ist, wo die Kinder sind, und ich kümmere mich dann um sie. Aber Sie krümmen den beiden kein Haar – ist das klar?“

In den Gesichtern der beiden Detektive breiteten sich zufriedene Züge aus. Das sollte kein allzu großes Problem werden – und war durchaus lohnenswert.

„Abgemacht. Dann sollten wir an dieser Stelle das Gespräch beenden. Ich schätze, wir haben zu tun. Sie hören wieder von uns. Bis später.“

Damit legte der Detektiv auf und nickte seinem Partner zu. Ihr Feierabend ließ also noch auf sich warten.

***

Plötzlich gab der Wagen hinter ihnen mit quietschenden Reifen Gas, überholte sie und machte direkt vor ihnen eine Vollbremsung, so dass das Auto quer auf der Straße zwischen Waldebene Ost und Geroksruhe zum Stehen kam.

Karl kam mit seinem Fahrrad ins Straucheln und wäre mit voller Wucht in die Seite des Wagens hineingefahren, wenn er sich nicht vorher hätte einfach fallen lassen. Schmerzhaft kam er auf dem Asphalt auf und fluchte, nachdem er seinen Schrecken überwunden hatte.

Was waren das denn für Verrückte? Besoffene?, ging es ihm durch den Kopf. Verdammter Mist, er hatte sich ziemlich böse sein linkes Bein und den Ellbogen aufgeschürft. Aber wenigstens war er nicht auf den Kopf geknallt.

Dann sah er sich nach Marlene um. Die hatte es offenbar unfallfrei geschafft, an dem Wagen vorbei zu manövrieren. Gerade sah er, wie sie auf ihn zugefahren kam. Im gleichen Augenblick stiegen zwei Männer aus der dunklen Limousine aus.

Als Karl sie sah, rückte er erst einmal seine Brille zurecht. Von da an blieb ihm keine Zeit mehr, sich weiter Gedanken über die Situation zu machen. Der eine Mann, ziemlich groß und hager, wie Karl gerade noch erkennen konnte, stürmte mit Riesenschritten auf ihn zu. Er trug, genau wie der andere, der jetzt Marlene vom Fahrrad riss, eine Strumpfmaske, so dass man rein gar nichts von seinem Gesicht erkennen konnte.

Die Autoscheinwerfer des schwarzen BMW beleuchteten die Szene. Marlene schrie und kämpfte wie eine Wildkatze, doch gegen ihren kräftigen Widersacher hatte sie keine Chance. Plötzlich herrschte absolute Ruhe. Karl spürte noch, wie ihm etwas auf Mund und Nase gepresst wurde. Dann war alles vorbei.

Als er wieder zu sich kam, signalisierten ihm seine pochenden Kopfschmerzen, dass er zumindest noch am Leben war. Das waren allerdings, wie er recht schnell feststellte, die einzigen guten Nachrichten. Es war immer noch ziemlich dunkel, doch das Licht irgendeines Scheinwerfers von draußen drang durch die Fenster und tauchte den Raum, in dem er sich wiederfand, in ein gespenstisches Licht.

Karl war es, als befände er sich inmitten einer Filmkulisse für einen schaurigen Vampir-Thriller: Der Raum war ziemlich groß, fast wie ein Festsaal, und besaß eine Deckenhöhe von etlichen Metern. Alles in diesem Raum war mit dunklem Holz verkleidet, das jedoch schon bessere Zeiten erlebt hatte. Die Böden und Wände schienen schwer in die Jahre gekommen und in Mitleidenschaft gezogen. Bis auf einige, halb zerfallene Stühle, die in einer Ecke aufeinander gestapelt waren und zwei alte Klaviere war der Saal leer. Eines der Instrumente stand direkt neben ihm, das andere stand einfach mitten im Raum. Ein Fenster war eingeschlagen, und alles war schmutzig und heruntergekommen. Es roch so unangenehm muffig, dass Karl angewidert die Nase rümpfte. So langsam kehrten seine Erinnerungen wieder zurück, und die durcheinander gewirbelten Teilchen in seinem Hirn fielen wie Tetris-Steinchen zurück an ihren für sie bestimmten Platz. Was war passiert?

Mit ausgestreckten Beinen saß er auf dem fauligen Holzboden. Sein Rücken lehnte an der Wand, an den Händen war er mit einer Kette und einem Vorhängeschloss gefesselt und an dem Klavier neben ihm festgebunden.

Marlene kauerte unter dem Klavier, ebenfalls gefesselt. Sie schien unverletzt, war jedoch noch nicht wieder bei Bewusstsein.

Wie originell, dachte Karl. Mit einer rasselnden Kette an ein altes, halb vergammeltes Klavier gefesselt – das war in keinem der zahlreichen Kriminalromane vorgekommen, die er gelesen hatte. Dazu noch vor so eindrucksvoller Kulisse.

Mit den Füßen stupste er Marlene an, in der Hoffnung, sie würde ebenfalls wieder zu sich kommen. Doch sie reagierte nicht, so dass Karl bald anfing, sich Sorgen zu machen. Für den Moment war die Situation aussichtslos. Wie lange war es wohl her, dass sie von den zwei Typen überfallen worden waren? Und vor allem: Warum hatten die es auf ihn und Marlene abgesehen? Karls Verstand sagte ihm, dass einzig und allein ihre Ermittlungen in Sachen Hanselmann damit zu tun haben könnten. Einen anderen Grund für ihre Entführung konnte er sich beim besten Willen nicht vorstellen. Vermutlich war der USB-Stick, den er gefunden hatte, der Schlüssel zur Aufklärung des Mordes. Und Hanselmanns Mörder, der selbstverständlich nicht entlarvt werden wollte, steckte hinter der ganzen Sache.

Bei dem Gedanken lief es Karl eiskalt den Rücken hinunter. Sie befanden sich also aller Wahrscheinlichkeit nach in den Fängen eines Mörders. Das wirkte nicht gerade beruhigend.

Mit Hilfe unangenehmer Verrenkungen schaffte er es schließlich, seine Hosentasche abzutasten. Wie er erwartet hatte: leer. Ihre Entführer hatten ihm also den Stick abgenommen. Sein Smartphone war ebenfalls weg, und seine Tasche mit seinen anderen Sachen sah er auch nirgendwo.

Verdammt, warum wachte denn Marlene nicht endlich auf? Erneut triezte er sie mit den Füßen, was nun endlich einen Effekt zeigte: Marlene stöhnte und hob ihren Kopf. Gleich darauf sank sie jedoch wieder in sich zusammen. Karl gab nicht auf, und schließlich war Marlene endlich wieder ansprechbar.

„Was ist das denn jetzt für ein Scheiß?“, fragte sie, noch halb benommen. Ihre Stimme klang heiser und sie nuschelte.

„Das ist eine berechtigte Frage“, antwortete Karl. „Es sieht wohl so aus, als hätte der Dirigenten-Mörder ein Problem mit unseren Nachforschungen. Deshalb hat er sich uns gekrallt und hier erst mal fixiert. Was er nun mit uns vorhat – keine Ahnung. Wie geht es dir? Du wirkst etwas blass um die Nase.“

Marlene machte ein Gesicht, als würde sie Gammelfleisch unter einer Lupe betrachten. „Bestens, danke. Du meinst – aah. Mein Gott, was müffelt denn hier so? Wo sind wir hier überhaupt?“

Sie rüttelte an der Kette, mit der sie an das Klavier gefesselt war. Es rasselte. „Scheiße …“

„Ja, allerdings.“

„Und was jetzt? Wir müssen hier raus! Hast du eine Ahnung, wo wir hier sind? Das sieht ja richtig gruselig aus.“

„Nein, keine Ahnung. Sag mal, hast du zufällig eine von diesen komischen Draht-Haarklammern in deiner Frisur stecken?“

„Ja, schon. Warum, was willst du denn damit? Deine Haare sind dafür etwas zu kurz, Karl …“

„Sehr komisch. Frag nicht, sondern gib mir eine. Los!“

Marlene beugte sich gerade herunter, um mit ihren gefesselten Händen eine Haarklammer aus ihrem Dutt zu fischen, als sie beide ein laut knatterndes Motorengeräusch hörten und schlagartig innehielten. Es kam jemand!

„Tu so, als wärst du noch ohnmächtig!“, flüsterte Karl und ließ im selben Moment seinen Kopf nach vorne fallen, schloss die Augen und rührte sich nicht mehr. Sein Herz tobte währenddessen, und er hatte das Gefühl, seine Brust müsse auf- und abspringen wie ein junges Känguru.

Jemand kam herein und mit zielgerichteten Schritten auf sie zu. Unsanft hob er Karls Kopf an, vermutlich, um zu sehen, ob er wieder wach war. Karl konnte nicht anders, als die Augen wieder zu öffnen und dem Mann ins Gesicht zu sehen. Was er sah, war jedoch nicht besonders aufschlussreich: Ein Kopf, der mit einem Motorradhelm mit verdunkeltem Visier bedeckt war. „Wer sind Sie?“, fragte Karl den Helm und kam sich dabei recht albern vor.

„Das tut nichts zur Sache“, erklang eine Stimme hinter dem Visier. Dann wandte sich der Mann, der zu seinem Helm schwarze, lederne Motorradkleidung trug, Marlene zu, die nur dasaß und den Unbekannten mit großen Augen anstarrte. Die Angst stand ihr ins Gesicht geschrieben.

„Hören Sie mal, Sie Darth-Vader-Verschnitt“, fing Karl an und versuchte, dabei möglichst selbstbewusst und unbekümmert zu klingen, was ihm sogar einigermaßen gelang. „Sie geben mir jetzt augenblicklich meine Sachen zurück, dann machen Sie uns los und lassen uns gehen. Sonst werden Sie erhebliche Probleme bekommen, das verspreche ich Ihnen.

„Ein gutes Stichwort, Junge", räumte der Mann ein. „Deine Sachen."

Für einen Moment verließ er den Raum und kam mit Karls Tasche wieder zurück. Er öffnete sie und kramte darin herum.

Karl schäumte vor Wut. „Lassen Sie das sofort bleiben, Sie Arsch!", blaffte er den Mann an, doch der fuhr fort, ohne weiter auf ihn zu achten, und brachte kurz darauf Karls Tablet zum Vorschein.

„Finger weg!", schimpfte Karl. Es gab kaum etwas, das ihn mehr in Rage brachte, als wenn sich jemand an seinen elektronischen Geräten zu schaffen machte.

„Ganz im Gegenteil", sagte der Mann und schaltete das Tablet ein, woraufhin sich der Raum durch das Licht des Bildschirms weiterhin erhellte. „So, und jetzt wirst du mir schön brav dein Passwort mitteilen."

Da entfuhr Karl ein Lachen. Das glaubte dieser Typ doch wohl nicht im Ernst! Nicht einmal dem Papst höchstpersönlich unter Androhung aller Höllenqualen würde Karl sein Passwort verraten. „Ganz sicher nicht. Da können Sie lange warten."

Der Behelmte zögerte kurz, ging auf Marlene zu, packte sie an den Haaren und zog ihren Kopf zurück. Marlene keuchte entsetzt auf.

Seltsam, ging es Karl durch den Kopf, eigentlich wirkte

der Typ gar nicht wie ein Schwerverbrecher. Er bewegte sich geschmeidig, und wie er Marlene festhielt – das sah eigentlich recht ungeübt aus.

„Vielleicht überlegst du es dir jetzt anders?", fragte der Mann und wandte sich ihm zu. „Sonst muss ich deiner kleinen, süßen Freundin hier vielleicht ein bisschen wehtun."

Karl überlegte fieberhaft, was er tun sollte. Wenn der Typ – und er war sich inzwischen trotz allem ziemlich sicher, dass es sich um den Mörder handelte – Einblick in seine Dateien erhielt, konnte sie das in enorme Schwierigkeiten bringen, denn dann wusste er, was sie wussten, und das würde ihm nicht besonders gefallen. Eventuell würde er sie dann irgendwie zum Schweigen bringen …

„Vergessen Sie's", sagte Karl und kam im selben Moment darauf, dass der Mann vermutlich lediglich überprüfen wollte, ob er die Dateien von dem Stick auf seinem Tablet gespeichert hatte. In seinem Hirn arbeitete es wie wild, aber ihm fiel nichts besonders Geistreiches ein.

Marlenes flehender, angstvoller Blick machte die Sache nicht besser. Aber er durfte dem Typen das Passwort nicht geben, so viel stand fest.

„Was wollen Sie eigentlich von uns?", fragte Karl. Vielleicht konnte er ihn in ein belangloses Gespräch verwickeln und währenddessen irgendeinen Plan schmieden, wie sie aus dieser Zwickmühle wieder herauskamen.

Der Kerl schien zu überlegen. Er hatte Marlene zwar immer noch am Wickel, rührte sich jedoch nicht. Kurz darauf ließ er Marlene los und steuerte wieder auf Karls Tablet zu. Auch sein Smartphone lag dort auf dem modrigen Fußboden. Der Mann hob das Tablet auf, hielt es mit beiden Händen fest und schwang seine Arme über den Kopf. „Du sagst mir jetzt das Passwort, du kleiner Nerd, sonst kannst du dein Tablet nachher hier in Einzelteilen vom Boden kratzen."

In Karl brodelte es. Ihm brach der Schweiß aus. Das Tablet war noch nicht einmal ein halbes Jahr alt und sehr teuer gewesen … Fast seine gesamten Ersparnisse waren dafür draufgegangen.

„Also? Ich warte! Aber nicht mehr lange", meldete sich die Stimme unter dem Helm wieder.

Karl war stumm wie ein Fisch. Seine Überheblichkeit war wie weggeblasen. Einige Sekunden – oder Minuten? – verstrichen, ohne dass etwas passierte. Karls Augen hingen wie gebannt auf seinem geliebten Tablet. Dann krachte es. Mit voller Wucht schmetterte der Unbekannte das Gerät auf den Boden, doch das war ihm noch nicht genug: Er zermalmte es regelrecht unter seinen Füßen.

Karl kamen fast die Tränen.

Danach griff der Mann zu Karls Smartphone und verfuhr mit diesem Gerät genauso. Alles war futsch.

„So, das dürfte genügen", sagte der Kerl und klang dabei recht zufrieden. Seine Nervosität, die vorher noch in seiner Stimme mitgeklungen hatte, war verschwunden.

Karl riss sich am Riemen, atmete einmal tief durch und sortierte seine Gedanken. In Ordnung – seine Sachen waren kaputt, daran war nun nichts mehr zu ändern. Trauern konnte er später. Jetzt galt es, hier raus zu kommen, bevor dieser Mörder durchdrehte und sie zu seinen nächsten Opfern machte.

„Dann haben sie ja wohl jetzt nichts mehr zu befürchten, schätze ich", sagte er. Seine Stimme bebte wie ein Zitteraal, jedenfalls kam ihm das so vor.

„Richtig", sagte der Mann und war offenbar tatsächlich überzeugt von dieser Tatsache, denn nun kam er her und machte sich an den Schlössern ihrer Ketten zu schaffen.

„Hört zu", sagte er. „Ich mache euch jetzt los. Dann werde ich dieses Gebäude verlassen und mit meinem Motorrad wegfahren. Ihr wartet hier so lange, bis ihr das Motorengeräusch von meiner Maschine nicht mehr hört. Dann macht ihr, was ihr wollt, haltet euch allerdings aus Angelegenheiten raus, die euch nichts angehen. Ich bin mir sicher, ihr wisst, was ich damit meine. Solltet ihr zu früh draußen auftauchen oder weiterhin Sherlock Holmes spielen, werde ich dafür sorgen, dass eure Eltern bald ein Grab zu pflegen haben. Ist das klar?"

Marlene sagte immer noch nichts. Karl meinte zu sehen, dass sie leicht zitterte. Auch ihm machte die Drohung Angst.

„Ja", sagte er schließlich und schluckte. Er war inzwischen von der Kette befreit.

Sollte er versuchen, den Mann zu überwältigen? Nein, das war lächerlich. Er war ja nicht Luke Skywalker, sondern nur Karl Kessel, und das gab beileibe nicht viel her. Marlene hätte mit ihren Kampfkünsten vielleicht sogar eine Chance gegen ihn, aber die stand ja offensichtlich unter Schock. Es blieb ihnen also nichts anderes übrig, als den Mörder laufen zu lassen.

Dieser entfernte sich bereits und verließ ohne einen Abschiedsgruß den Raum. Wie erwartet, hörten sie kurz darauf erneut das knatternde Motorengeräusch. Nach wenigen Sekunden war es verklungen und es herrschte wieder Stille.

Immerhin – sie waren wieder frei.

11

Als die beiden das halb zerfallene Gebäude verließen, befanden sie sich am Waldrand auf einem kleinen Parkplatz.
Alles, was Karl noch von seinen Sachen hatte retten können, war die SIM-Karte aus seinem Smartphone.

Ihre Fahrräder lehnten an der Hauswand. Karl sah sich um, und da dämmerte es ihm: „Ach, wir sind am Waldhaus ganz oben an der Hasenbergsteige“, teilte er Marlene mit. „Das war früher mal ein Restaurant, und jetzt steht es schon seit Ewigkeiten leer und gammelt vor sich hin. Ich kenne mich hier zwar nicht besonders gut aus, aber da vorne müsste die Hasenbergsteige sein, und wenn wir die runter fahren, werden wir wohl wieder in der Stadt landen. Los, komm!“

„Hmm“, sagte Marlene nur, schnappte sich ihr „Leih“-Fahrrad und folgte ihm. Sehr viel mehr hatte sie bisher nicht verlauten lassen. Offenbar machte ihr die ganze Sache ziemlich zu schaffen.

Als sie wieder zu Hause waren, war es kurz nach vier Uhr morgens. In Karls Zimmer angekommen, sprudelte es plötzlich aus Marlene heraus: „Mann Karl, wir hätten tot sein können! Nur wegen deinen blöden Detektiv-Spielereien. Ist dir eigentlich klar, in was du mich da hineingezogen hast?“

Karl blinzelte überrascht. Damit hatte er nicht gerechnet.

„Äh“, sagte er. „Warte mal, also wenn ich mich recht erinnere, warst du diejenige, die bei der Sache unbedingt mitmachen wollte. Wäre es nach mir gegangen, wärst du schön brav zu Hause in deinem Kaff geblieben und hättest mich hier in Ruhe gelassen. Außerdem: Es ist uns doch nichts passiert. Dir sowieso nicht. Mir hat der Mistkerl immerhin mein Tablet und mein Smartphone geschrottet.“

Marlene kräuselte ihre Lippen. Offenbar fiel ihr kein Gegenargument ein. „Auf jeden Fall gehen wir morgen früh – also sprich in ein paar Stunden – zur Polizei. Jetzt reicht's“, verkündete sie.

„Ich habe ehrlich gesagt auch schon darüber nachgedacht, dass es jetzt an der Zeit wäre, die Bullen einzuschalten. Das Problem ist nur nach wie vor: Was sollen wir denen erzählen? Mittlerweile basieren unsere Erkenntnisse in Sachen Hanselmann auf zwei Einbrüchen, und das wird bei denen nicht so gut ankommen.“

„Wieso? Der Einbruch diese Nacht brachte ja wohl keine besonderen *Erkenntnisse*“ – Marlene betonte dieses Wort, als hätte es etwas besonders Widerwärtiges an sich –, außer dass wir den Mörder höchstpersönlich kennengelernt haben, aber keinen blassen Schimmer haben, wie er aussieht.“

„Abwarten“, sagte Karl und grinste.

Marlene war fix und fertig. Abwarten war nicht gerade das, wonach ihr der Sinn stand nach dieser Nacht. Trotzdem fragte sie trotzig: „Warum? Was meinst du damit?“

Karl antwortete nicht sofort, sondern setzte sich an seinen großen Rechner am Schreibtisch und schaltete ihn ein. Ein leises Brummen ertönte und das Gerät sprang an.

„Was soll das jetzt?“, fragte Marlene.

„Ich bin doch nicht von vorgestern“, sagte Karl. „Das, was auf dem Stick war, habe ich noch im Gartenhäuschen schnell auf eine Cloud im Netz gezogen.“

Es dauerte einen Moment, bis Marlene begriff. Dann bekam sie große Augen. „Das heißt, du kannst immer noch auf die Dateien zugreifen?“

„Klar“, entgegnete Karl und öffnete bereits seinen Browser. Seine Finger flogen über die Tastatur, und kurz darauf klickte er auf einen Ordner, der sich auf einem Cloud-Speicher befand und nur mit „1“ betitelt war.

Jetzt konnte Marlene ihre Neugier nicht mehr zurückhalten. Plötzlich war sie wieder hellwach und zog sich einen Hocker vor den Schreibtisch.

„Wollen wir doch mal sehen …“, murmelte Karl und tätigte noch einen Klick. Auf dem Bildschirm öffneten sich kurz hintereinander acht Fotos. Darauf abgebildet waren jeweils ein Mann und eine Frau mittleren Alters, beide recht attraktiv, in ziemlich vertrauter Zweisamkeit. Auf vier der Fotos küssten sich die beiden.

„Hm“, machte Karl. „Kennst du die?“

Er rückte die Fotos auf dem großen Bildschirm so zurecht, dass jedes einzelne gut zu sehen war. Er kannte die beiden nicht. Was konnte Hanselmann mit diesen Turteltäubchen zu tun haben? Natürlich gab es da Möglichkeiten … Aber das waren alles nur haltlose Spekulationen.

„Natürlich!“, rief Marlene plötzlich. „Die Frau da! Das ist diese Sängerin, die wir auch auf dem Friedhof gesehen haben, und die ich sogar noch nach ihrem Namen gefragt habe. Warte mal, wie hieß die noch … Elena Maranelli! Die, die auch den Hanselmann tot aufgefunden hat!“

Karl sah noch einmal hin. „Ja, stimmt! Das dürfte uns weiterbringen. Jetzt müssen wir nur noch rauskriegen, wer dieser Casanova mit seinen Schmalzlöckchen ist.“

„Vielleicht sind die beiden ja ein Pärchen und der Hanselmann hatte was mit der Maranelli, und deswegen hat der Schmalzlocken-Typ ihn umgebracht“, schlug Marlene vor.

Karl winkte ab. „Das glaube ich kaum. Wieso sollte der Hanselmann dann diese Fotos in seiner Gartenhütte verstecken?“

Marlene zuckte mit den Schultern.

„Ich denke da eher an eine Erpressung“, meinte Karl. „Vielleicht ist diese Maranelli die heimliche Geliebte von diesem Typen, und der Hanselmann hat's rausgefunden und ihn damit wiederholt erpresst. Und weil ihm das irgendwann zu bunt wurde, hat er den Hanselmann um die Ecke gebracht. Er wusste aber, dass die Fotos noch irgendwo existieren und hat danach gesucht, um das Beweismaterial verschwinden zu lassen. Das würde auch erklären, warum in der Gartenhütte schon jemand vor mir herumgestöbert hat. Dann hat er rausgekriegt, dass wir auf der richtigen Spur sind und hat uns mit dem Stick erwischt … Jetzt glaubt er, die Fotos sind weg, und keiner kommt mehr auf ihn – weder als Mörder noch als Liebhaber. Der Plan mit der Schlange war nicht von schlechten Eltern, das muss man ihm lassen. Und ohne unseren Einsatz würde er auch höchstwahrscheinlich ungeschoren davonkommen."

„Könnte schon sein", kommentierte Marlene Karls Theorie. „Aber wie auch immer – wir werden das so bald wie möglich alles der Polizei auftischen und die daran weitertüfteln lassen. Ich habe keinen Bock darauf, dass dieser Motorrad-Spinner seine Drohung wahr macht. Mir ist es jetzt auch wurscht, was wir der Polizei erzählen. Die werden uns schon nicht einbuchten."

Das war offensichtlich Marlenes letztes Wort für diese Nacht, denn als sie ihren Satz beendet hatte, stand sie auf, legte sich auf ihre Matratze und drehte sich weg.

„Ja, gute Nacht dann", sagte Karl und machte es sich in seinem Bett bequem. Er war zwar müde, aber schlafen konnte er trotzdem noch nicht so bald. Es ging ihm einfach zu viel durch den Kopf.

Wer war bloß dieser Motorrad-Typ gewesen? Und war er wirklich der Mörder, den sie die ganze Zeit suchten? Aber wie hing alles zusammen? Lag er richtig mit seiner Vermutung, dass eine Erpressung hinter der Sache steckte? Die Fotos sprachen dafür. Aber sie besaßen immer noch kein Beweismaterial, das eindeutig besagte, wer der Mörder war.

Und wer waren eigentlich diese zwei Ganoven gewesen, die sie mitten in der Nacht vom Fahrrad gezerrt und verschleppt hatten? Das blieb auch noch zu klären. Karl atmete tief durch, drehte sich auf den Rücken und starrte an die Decke.

Für seinen Geschmack gab es viel zu viele offene Fragen. Vor allem diejenige nach dem Namen des Täters. Den könnten sie eventuell leicht herausfinden, indem sie einfach diese Sopranistin beschatteten. Aber da würde Marlene nicht mehr mitmachen, das war Karl klar. Nach der Drohung des Motorrad-Freaks hatte Marlene die Nase voll von ihren Ermittlungen. Und sie hatte vermutlich Recht damit, dass sie das Risiko, erneut in die Fänge des vermeintlichen Mörders zu geraten, besser nicht eingehen sollten.

Ob die Polizei aber aufgrund der Angaben, die sie machen konnten, die Mordkommission einschalten und ermitteln würde? Sie konnten nur hoffen, dass sie jemand Vernünftiges auf dem Präsidium finden würden, der ihnen glaubte und nicht als durchgedrehte und überhitzte Schüler im Ferienloch abstempelte.

Und schließlich war da ja noch ihre Entführung. Karl war entschlossen, diesen Typen – Mörder hin oder her – wegen Entführung und der vorsätzlichen Zerstörung seiner Sachen anzuzeigen. Zumindest dieser Geschichte musste die Polizei ja wohl nachgehen. Vermutlich lagen die Einzelteile seines schönen Tablets und seines Smartphones noch im Waldhaus.

Irgendwann, verstrickt in tausend umeinander kreiselnde Gedanken, schlief Karl schließlich ein.

Als er wieder aufwachte, schreckte er aus dem Tiefschlaf hoch, weil Marlenes Kopf mit wirrem Haarschopf über seinem Gesicht hing und ihn anschrie.

„Drehst du jetzt völlig durch?“, schimpfte er. „Was soll das?“

„Dich kriegt man ja anders nicht wach“, antwortete Marlene sachlich. „Es ist neun. Höchste Zeit, um die Polizei aufzusuchen. Los!“

Karl stöhnte und streckte sich. Am liebsten würde er noch bis mittags schlafen und nichts von der ganzen Sache wissen, aber Marlene hatte da offenbar andere Pläne. Kurz überlegte er, ob er sie anfahren, aus seinem Zimmer schmeißen und weiterschlafen sollte, ließ es aber schließlich bleiben. Ein Streit mit Marlene war ihm jetzt zu stressig.

Dennoch wagte er den Versuch, sie zu überreden, den Besuch bei der Polizei noch ein wenig zu verschieben: „Meinst du nicht, wir könnten erst noch …“

„Nein!“, unterbrach ihn Marlene, ohne ihn ausreden zu lassen. „Wir gehen jetzt zur Polizei. Und wenn du nicht gehst, gehe ich alleine!“

Karl kapitulierte. „Darf ich mich wenigstens noch in Ruhe anziehen und mir die Zähne putzen? Und du solltest vielleicht noch was mit deinen Haaren machen, sonst kriegen die Beamten ja Angst.“

***

Als sie bei der Kriminalpolizeidirektion Stuttgart auf dem Pragsattel ankamen, war Karl noch immer keineswegs davon überzeugt, dass es eine gute Idee war, irgendwelche Kommissare einzuschalten, ohne dass sie ihnen den Namen und das Gesicht eines Mörders und die dazugehörigen Beweise präsentieren konnten.

„Mann, Marlene, was ist, wenn die uns überhaupt nichts glauben, sondern nur wegen Einbruchs drankriegen wollen? Ein Einbruch in die Leichenhalle auf dem Pragfriedhof … Das erkennen die bestimmt nicht als harmlosen Schülerstreich an!"

Karl flüsterte. Sie befanden sich bereits vor den Eingangstüren des Präsidiums.

Marlene sah Karl einen Moment nachdenklich an. Dann sagte sie: „Ach was. Halte du einfach die Klappe und ich erzähle denen, was Sache ist. Wir müssen ein gewisses Risiko eingehen, das stimmt schon. Aber das ist jetzt eben so. Wir sind doch eh noch viel zu jung, als dass sie uns ernsthaft was anhaben könnten."

Damit war die Sache anscheinend vorerst geklärt, denn Marlene schritt entschlossen voran, betrat das Präsidium und steuerte direkt auf den nächsten Polizeibeamten zu, den sie sah.

„Entschuldigen Sie bitte", fing sie an. „Wir möchten einen Mord melden. Wer ist dafür zuständig?"

Der Polizist – noch relativ jung und grün hinter den Ohren, wie Karl vermutete – sah Marlene ziemlich verdutzt an. Dann fragte er etwas dümmlich: „Habt ihr etwa jemanden umgebracht?“

„Quatsch, wir doch nicht“, sagte Marlene. „Aber jemand ist ermordet worden und wir können zur Aufklärung dieses Mordes beitragen. Haben Sie das verstanden? Mit wem können wir also reden?“

„Äh“, sagte der uniformierte Jungspund. Karl verdrehte die Augen. Wenn sie es gleich mit einem ähnlich geistreichen Schnelldenker zu tun kriegten, konnten sie sich auf etwas gefasst machen.

Marlene versuchte es abermals: „Hören Sie. Können Sie uns bitte mitteilen, wer von Ihren Kollegen bei der Mordkommission tätig ist und wo wir denjenigen finden können?“

„Ja, natürlich“, kam es nun zurück. „Also ihr könnt es ja mal beim Ersten Kriminalhauptkommissar probieren. Der heißt Kurt Schockenried. Sein Büro ist dort hinten den Gang entlang, die dritte Tür auf der rechten Seite. Ich glaube aber nicht, dass er Zeit hat …“

„Danke“, sagte Marlene, nickte und bog in den Gang ein, auf den der Polizist gedeutet hatte.

„So. Dann suchen wir doch mal diesen Schockenried“, murmelte sie.

„Falls dieser Milchbubi zählen und dazu auch noch rechts und links unterscheiden kann, könnten wir ihn sogar finden“, kommentierte Karl.

Und tatsächlich: Kurz darauf standen sie vor einer Tür, neben der ein Schild mit der Aufschrift *Kurt Schockenried – Erster Kriminalhauptkommissar* befestigt war.

Darunter standen allerdings noch zwei weitere Namen, nämlich *Dennis Rathvan – Kriminalhauptkommissar*, sowie *Tatjana von Senden – Oberkommissarin.*

„Aha. Na gut. Bereit?“, wollte Marlene wissen, wartete jedoch keine Antwort ab, sondern klopfte sogleich an.

„Ja!“, tönte es aus dem Büro. Es war eine männliche Stimme.

Marlene und Karl traten ein und sahen sich einem noch relativ jungen, aber recht sympathisch wirkenden Kerl und einer ebenfalls recht jungen, sportlich aussehenden Dame gegenüber, die sie beide erwartungsvoll anblickten.

„Ja?“, sagte nun die Dame – vermutlich die Oberkommissarin von Senden, wie Karl kombinierte –, da sie an einem der beiden gegenüberstehenden Schreibtischen im Raum saß. „Was können wir für euch tun?“

„Guten Tag“, antwortete Marlene. „Ich bin Marlene Tabue, und das ist Karl Kessel. Wir möchten einen Mord melden und zu dessen Aufklärung beitragen.“

Die Frau machte ein ernstes Gesicht, zog ihre Augenbrauen zusammen und sah ihren Kollegen an. Dieser Blick besagte so viel wie: Meinen die das wohl ernst oder sind das Spinner?

Marlene mochte diese Oberkommissarin auf den ersten Blick nicht besonders. Deshalb war sie froh, als der Kollege – vermutlich dieser Kriminalhauptkommissar Rathvan – das Wort übernahm. „Ach“, sagte er. „Das klingt ja interessant. Bitte setzt euch doch.“ Er stand auf und rückte ihnen zwei Stühle zurecht.

Da mischte sich die Kommissarin wieder ein: „Dennis, wir haben hier zu tun, ist dir das klar?"

„Durchaus, Tatjana, aber ich denke, wir sollten diese beiden Jugendlichen ernst nehmen. Also – was habt ihr zu sagen?" Damit wandte er sich wieder Karl und Marlene zu.

„Also", fing Marlene an. „Ich mache es möglichst kurz, doch die Geschichte ist nicht ganz unkompliziert. Sie haben vielleicht von dem Tod des Dirigenten aus der Stuttgarter Oper gehört?"

„Ja, das habe ich. Der ist doch vor ein paar Tagen abends während der Vorstellung umgekommen, richtig?", entgegnete Kommissar Rathvan, der nun anscheinend ihr Gesprächspartner war. Die Oberkommissarin verfolgte zwar die Unterhaltung, hielt sich jedoch selbst heraus.

„Ja, genau. Der Dirigent hieß Sebastian Hanselmann, und ist einfach tot umgefallen – so hieß es jedenfalls. Mein – äh – Bekannter, also Karl, und ich haben aber herausgefunden und können auch beweisen, dass er ermordet wurde. Und wir haben auch eindeutige Spuren, die zum Mörder führen."

Kommissar Rathvan ließ seinen Stift auf seinen recht unordentlichen Schreibtisch sinken, lehnte sich auf seinem Drehstuhl zurück und legte seinen Kopf leicht schief. „Tatsächlich?", sagte er. „Und woher wollt ihr wissen, dass es ein Mord war? Ich nehme an, der Totenschein ist von einem Arzt ausgestellt worden?"

„Wie gesagt, wir haben Beweise", antwortete Marlene.

Karls Herz klopfte wie wild. Jetzt musste unweigerlich die Geschichte mit dem Pragfriedhof kommen. Ohne die Fotos mit dem Schlangenbiss würde ihnen kein Mensch glauben, so viel stand fest. Er kramte die Fotos aus seiner Tasche und überreichte sie Marlene, die bereits darauf wartete.

„Es ist so“, sprach sie dann weiter. „Der Mann wurde von einer giftigen Schlange – genauer gesagt einer Brillenschlange, die gehört zu den Kobras – gebissen. Diese Schlange muss jemand in seiner Dirigentengarderobe platziert haben, und zwar genau zu dem Zweck, dass Herr Hanselmann in der Pause von ihr gebissen wird und durch den Biss stirbt. Der Biss ist dem Arzt wohl nicht aufgefallen – Sie können ihn aber hier auf diesen Fotos sehen.“

Damit reichte Marlene dem Polizisten zwei Fotos: Eines, auf dem die Leiche Hanselmanns im Sarg komplett zu sehen war und eine Nahaufnahme von dem Biss am Knöchel. Der Kommissar sah sich die Bilder mit ernster Miene an. Dann kam die unvermeidliche Frage: „Wo habt ihr diese Fotos her?“

„Die haben wir selbst gemacht“, antwortete Marlene ohne mit der Wimper zu zucken. Der Kommissar zog die Augenbrauen hoch und sah sie verblüfft an. „Ach? Wie das denn? Dazu müsstet ihr ja …“

„Wir möchten dazu keine weiteren Angaben machen“, unterbrach Marlene diesen Rathvan, was Karl recht mutig fand.

Jetzt nickte der Polizist langsam. „Ich verstehe“, meinte

er. Ob er das wirklich tat, bezweifelte Karl. „Nun gut, lassen wir das erst mal. Ihr glaubt also, dieser Dirigent sei von einer Brillenschlange getötet worden. Und weiter?“

„Wir glauben das nicht, sondern wir wissen es“, stellte Marlene klar. „Weiterhin ist bekannt, dass kurz vor dem Mord eine Brillenschlange aus der Wilhelma abhanden gekommen ist, die übrigens bis jetzt nicht wieder aufgetaucht ist. Womöglich kriecht sie noch immer irgendwo in der Oper herum.“

Da wurden der Kommissar und sogar auch seine kühl wirkende Kollegin endgültig hellhörig. „

Wie bitte?“, mischte sich jetzt Frau von Senden ein. „Ist das wirklich euer Ernst? Wenn das so ist, müssen wir sofort dafür sorgen, dass die Staatsoper evakuiert und dieses Schlangenvieh gesucht wird!“

„Das ist vielleicht keine schlechte Idee“, warf Marlene ein. „Und ja, das ist allerdings unser Ernst. Aber vielleicht lassen Sie uns erst fertig erzählen?“

„Ja, bitte, fahrt fort“, sagte Kommissar Rathvan.

„Es gibt einen Mitarbeiter in der Wilhelma – wir wissen leider seinen Namen nicht, könnten ihn aber problemlos sofort wiedererkennen –, der für den Diebstahl der Schlange verantwortlich ist. Das konnten wir herausfinden … Er ist aber ziemlich sicher nicht der Mörder des Dirigenten, sondern hat nur die Schlange geklaut und sich wahrscheinlich gut dafür bezahlen lassen. Er arbeitet dort im Reptilienhaus als Tierpfleger.“

Marlene wartete einen Augenblick ab, und als keine

Zwischenfragen kamen, fuhr sie fort: „Den sollten Sie auf jeden Fall mal einladen und zu der Sache befragen. Eventuell könnte die Frau des toten Dirigenten, Frau Hanselmann, etwas mit der ganzen Sache zu tun haben, aber das ist ungewiss. Jedenfalls bekommt sie anscheinend regelmäßig Besuch von einem fremden Mann, und Herr Hanselmann war wohl sehr wohlhabend. Was mit dieser Information anzufangen ist, können Sie sich selbst überlegen. Aufgrund eines Verdachts waren wir gestern Nacht schließlich in einer Gartenhütte auf dieser Soundso-Höhe – wie heißt diese Höhe noch mal, Karl?" Marlene sah Karl fragend an.

„Wangener. Wangener Höhe", erklärte Karl, und Marlene wandte sich sogleich wieder den Polizisten zu, um mit ihrem Bericht fortzufahren: „Genau, Wangener Höhe. Da waren wir also und haben in der Gartenhütte, die der Hanselmann dort gepachtet hat, einen versteckten USB-Stick gefunden. Übrigens hatten wir die Erlaubnis, die Hütte zu betreten. Wir haben nämlich vorher mit der Besitzerin des Gartens gesprochen – Frau Eierle. Als wir mit den Fahrrädern wieder nach Hause fahren wollten, wurden wir von zwei Männern überfallen, betäubt und verschleppt. Als wir wieder aufgewacht sind, waren wir an ein altes Klavier gefesselt in einem halb zerfallenen Haus. Wie heißt das Haus noch mal, Karl?"

Karl schluckte. Er fühlte sich nicht besonders wohl in seiner Haut. Es kam ihm brütend heiß vor in diesem kleinen Büro, und die immer ungläubiger werdenden

Blicke der Polizisten ließen in ihm die schlimmsten Vorahnungen aufblühen. Dennoch antwortete er hilfsbereit: „Es war das Waldhaus oben auf der Hasenbergsteige."

„Genau", fuhr Marlene fort. „Da waren wir also gefesselt. Das war letzte Nacht, so gegen drei ungefähr. Dann kam ein Mann in dunkler Motorradkluft mit Helm, so dass man nichts von ihm erkennen konnte und wollte Karl zwingen, das Passwort für sein Tablet zu verraten, das Karl dabei gehabt hat. Wahrscheinlich hat der Mann befürchtet, dass Karl die Dateien von dem USB-Stick, den er bereits an sich genommen hatte, auf das Tablet kopiert haben könnte. Karl rückte aber das Passwort nicht heraus, woraufhin der Mann erst mich packte und bedrohte und schließlich Karls Tablet einfach zerstörte. Sein Smartphone übrigens auch. Daraufhin schien er sich sicher, dass er von unserer Seite nichts mehr zu befürchten hätte, und ließ uns frei. Wir mussten warten, bis er mit seinem Motorrad abgehauen war. Unsere Fahrräder hatten die Entführer freundlicherweise vor diesem Waldhaus abgestellt, so dass wir damit wieder heimfahren konnten. Wie wir später herausfinden konnten, befanden sich auf dem Computer-Stick Fotos von einem Pärchen. Karl hatte die Dateien nämlich nicht nur auf seinem Tablet, sondern auch gleich in einer Cloud gespeichert. Hier", sagte Marlene und reichte den Polizisten die ausgedruckten Bilder. „Wir gehen davon aus, dass es sich um eine Erpresser-Geschichte handelt und dass der Mann hier auf dem Foto der Mörder ist. Die Frau heißt übrigens Elena Maranelli und ist Sängerin an der Stuttgarter Staatsoper. Sie hat außerdem Hanselmanns Leiche an jenem Abend gefunden."

Dennis Rathvan blinzelte, als hätte er soeben einen Tagtraum erlebt und kehrte gerade wieder zurück in die Realität. Dann warf er einen Blick auf die Fotos und reichte sie seiner Kollegin, die sie sich ebenfalls ansah. Währenddessen herrschte Stille. Dann räusperte sich der Polizist.

„So so", sagte er. „Hört mal, wenn herauskommt, dass ihr euch das alles ausgedacht habt …"

Das brachte Marlene auf die Palme. Sie trat einen Schritt näher und fuhr Rathvan regelrecht an: „Hören Sie mal: Wir sind entführt worden! Außerdem hat man uns gedroht uns umzubringen, wenn wir der Sache weiter nachgehen!"

Rathvan sah hinüber zu seiner Kollegin von Senden. „Was meinst du dazu?"

„Ich meine, dass wir Schockenried einschalten, die Aussagen der beiden protokollieren lassen und uns der Sache annehmen sollten."

Das klang entschlossen. Marlene mochte diese von Senden jetzt schon ein wenig mehr.

„Wo treibt sich Schockenried eigentlich herum?", wollte die Polizistin noch wissen.

„Ich glaube, der wollte sich nur Zigaretten holen", antwortete Dennis Rathvan.

„Und was ist mit unserem Piano-Mann-Fall? Wir müssen hier weitermachen …", gab er zu bedenken.

„Das muss jetzt warten. Wenn die beiden Recht haben

– und davon gehe ich aus – kriecht irgendwo in der Oper eine tödlich giftige Schlange herum. Außerdem sind die beiden in Gefahr. Wissen diese Männer, mit denen ihr es zu tun hattet, wo ihr wohnt?“, fragte sie Marlene und Karl.

Marlene zuckte die Schultern.

„Wahrscheinlich schon“, bemerkte Karl. Er war jetzt etwas zuversichtlicher. Die Polizisten machten nicht den Eindruck, als interessierten sie sich besonders für ihre Einbrüche. „Sonst hätten sie uns kaum auf die Wangener Höhe folgen können. Wahrscheinlich haben sie uns beschattet.“

„Aha“, antwortete von Senden. „Dann müsst ihr unter Polizeischutz gestellt werden. Sagt mal, seid ihr eigentlich so eine Art Hobbydetektive, oder was?“

Die Frage der Polizistin überging Karl. Stattdessen schüttelte er hektisch den Kopf. „Nein! Polizeischutz kommt überhaupt nicht infrage. Meine Mutter …!“

„Was ist mit deiner Mutter? Was sagt die eigentlich dazu, dass ihr euch nachts alleine draußen herumtreibt?“, fragte die Polizistin.

Karl raufte sich die Haare. Das Gespräch nahm jetzt wieder recht unangenehme Züge an. „Davon weiß sie nichts“, sagte er. „Sie ist seit gestern auf einer Schulung oder Weiterbildung oder so was.“

„Nun, wie dem auch sei. Ihr bekommt Polizeischutz. Sobald ihr zu Hause seid, wird eine Streife vor dem Haus abgestellt, bis die Sache geklärt ist. Vieles ist ja schon geklärt. Das habt ihr übrigens gut gemacht! Ihr solltet vielleicht mal ein Praktikum bei der Mordkommission machen. Wir können hier so clevere Spürnasen wie euch gut gebrauchen!"

Das machte Karl zwar stolz – ein Lob von einer Oberkommissarin zu seiner kriminalistischen Arbeit war nicht gerade alltäglich –, dennoch passte ihm die Entwicklung der Angelegenheit überhaupt nicht.

„Ja, danke", erwiderte er. „Aber wissen Sie, also das mit dem Polizeischutz ist sicher nicht nötig. Wir können ja einfach nach Hause gehen und Sie sagen uns Bescheid, sobald Sie das aufgeklärt und den Mörder geschnappt haben."

Frau von Senden schüttelte den Kopf. „Nein Karl, tut mir leid. Das muss sein. Wir wollen auf keinen Fall verantworten, dass euch etwas passiert. Ihr werdet, sobald wir hier fertig sind, von einer Streife heim gefahren und dann rund um die Uhr bewacht. Dabei bleibt es."

„Also gut", meldete sich Marlene wieder zu Wort. „Und was jetzt?"

In diesem Moment kam ein anderer Mann ins Büro geschlendert, deutlich älter, unrasiert und auch ansonsten etwas verwegen wirkend.

„Was ist denn hier los? Kindergeburtstag? Habt ihr nichts anderes zu tun?", fragte er und sah Rathvan und von Senden erwartungsvoll an.

„Kurt, das musst du dir anhören", entgegnete Dennis Rathvan und stand auf. „Die beiden haben echt eine spannende Geschichte auf Lager. Es geht um Mord. Wir gehen das jetzt protokollieren. Du kommst am besten gleich mit. Wie gesagt – das musst du dir anhören. So wie es aussieht, haben wir noch einen weiteren Fall, um den wir uns kümmern müssen."

Nachdem Karl und Marlene ihre Geschichte erneut zum Besten gegeben hatten, dieses Mal in einem Verhörraum, unter Hinzuziehung eines Aufnahmegeräts und Anwesenheit des Ersten Kriminalhauptkommissars, wurden sie auf den Flur hinaus geführt mit der Anweisung, dort zu warten.

„Das geht nicht", flüsterte Karl. Er war sichtlich erregt und rückte zum x-ten Mal seine Brille zurecht. „Wir müssen abhauen. Noch wissen sie nicht, wo wir wohnen!"

Marlene sah ihn entgeistert an. „Abhauen? Warum denn? Ist doch alles in Ordnung!"

„Alles in Ordnung? Du bist gut. Sie wollen eine Streife bei uns im Strohberg abstellen! Meine Mutter … Auf diese Diskussionen habe ich wirklich keinen Bock! Außerdem sitzen wir dann in unserer Wohnung wie in einem Gefängnis fest. Los, wir müssen weg hier!" Karl wandte sich bereits ab und war im Begriff, den Flur in Richtung Ausgang entlang zu hetzen. Außer ihnen hielt sich hier im Moment keiner auf.

„Halt!", sagte Marlene entschieden und packte ihn am T-Shirt. „Hier geblieben. Du spinnst ja! Denk mal nach. Du bist doch sonst so schlau. Die wissen, wie wir heißen, Karl. Da haben die uns doch in Nullkommanichts gefunden. Jetzt von hier abhauen ist völliger Blödsinn!"

Karl rannen die Schweißtropfen von der Stirn. Er sah

aus, als stünde ihm die Hinrichtung durch Enthauptung bevor. In diesem Moment hörten sie die Stimmen in dem Raum, aus dem sie soeben gekommen waren, lauter werden. Die Türe war nur angelehnt.

„Das ist ja alles schön und gut!“, sagte dieser Schockenried, und es ertönte ein dumpfer Knall. Vermutlich hatte der Kommissar auf den Tisch gehauen. „Aber wir können uns in der momentanen Situation nicht so mir nichts dir nichts auf einen Fall stürzen, von dem wir nicht wissen, ob er eventuell dem Reich der Märchen entstammt. Wir müssen einen Serienmörder schnappen! Und zwar schnell. Mit dem Dirigenten können wir uns erst befassen, sobald wir Gewissheit haben, dass es sich tatsächlich um Mord handelt. Dafür müssen wir zuerst eine Exhumierung beantragen und die Leiche obduzieren lassen. Dann werden wir sehen…“

Jetzt wurde seine Stimme wieder leiser, trotzdem konnten Marlene und Karl noch verstehen, was gesprochen wurde: „Die Entführung sollen die beiden bei den dafür zuständigen Kollegen anzeigen und eine Täterbeschreibung abgeben. Die können dann nach den Entführern fahnden und sehen, was dabei rauskommt. Und diese Schlange … Himmel noch mal, wir können doch nicht aufgrund einer haarsträubenden Aussage zweier Jugendlicher das ganze Opernhaus räumen und mit einer Mannschaft von Kammerjägern durchsuchen lassen. Die Presse zerreißt uns in der Luft, wenn sich das Ganze als dummer Jungenstreich entpuppt!“

„Und was ist, wenn es in der Oper demnächst eine

weitere Leiche mit Schlangenbiss gibt?", gab Tatjana von Senden zu bedenken.

„Erst die Exhumierung", antwortete der ältere Kommissar und machte damit seine unumstößliche Entscheidung klar. „Wenn herauskommt, dass die beiden Recht hatten, kümmern wir uns drum. Und bis dahin erfährt kein Mensch von der Möglichkeit einer Giftschlange in der Oper, klar?"

„Und was ist mit dem Polizeischutz für die beiden?" Das war die Stimme des jüngeren Kommissars.

Die Antwort auf diese Frage schien Schockenried einigermaßen schwer zu fallen. Nach einer kurzen Pause sagte er: „Verdammt, uns fehlen eigentlich die Leute für so was. Trotzdem … ich will nicht verantwortlich sein, wenn denen etwas passiert. Also leitet das in die Wege."

„Oh Gott", seufzte Karl. „Meine Mutter … die wird durchdrehen."

Marlene sagte dazu nichts. In diesem Moment schwang die Tür des Verhörraums auf und die drei Kommissare betraten den Flur. Tatjana von Senden wandte sich ihnen zu. „Kommt ihr bitte mal mit? Ich muss noch eure Personalien aufnehmen und dann erkläre ich euch, wie es weitergehen wird."

Der Besuch im Polizeirevier schien kein Ende nehmen zu wollen, und langsam kam sich Karl schon vor wie ein festgenommener Verbrecher. Nachdem sie vor Kollegen der Abteilung für Kriminaldelikte ihre Entführung in allen Einzelheiten geschildert und bestmögliche Beschreibungen der darin verwickelten Personen und

Umstände abgegeben hatten, durften sie endlich gehen. Zwischendurch hatte ein Polizist mit Karls Mutter telefoniert, die sich sofort in höchster Aufregung auf den Weg zum Polizeirevier gemacht hatte, um ihren Sohn und Marlene abzuholen.

Als die beiden in Begleitung einer jungen Polizistin das Gebäude verließen, kam sie bereits auf sie zugestürmt. Karl atmete tief durch, um sich für den Sturm, der ihn zweifellos erwartete, zu wappnen.

12

„Ich kann immer noch kaum fassen, dass du freiwillig Fahrrad gefahren bist, Karl", bemerkte Frau Kessel, als sie längst wieder zu Hause waren und die ganze Aufregung sich einigermaßen gelegt hatte. Ihre Schimpftirade war weniger heftig ausgefallen als Karl befürchtet hatte. Viel größer waren ihre Sorge und ihr Entsetzen gewesen, als ihr zu Ohren gekommen war, dass man Karl und Marlene mitten in der Nacht verschleppt und eingesperrt hatte.

„Ich muss jetzt unbedingt zurück in die Klinik zur Arbeit", sagte sie schließlich. „Kommt ihr alleine klar?"

„Was sollen wir schon machen?", antwortete Karl mürrisch. „Vor der Tür stehen zwei Bullen und bewachen uns, als seien wir Schwerverbrecher."

„Das habt ihr euch selbst zuzuschreiben", entgegnete seine Mutter ohne jegliches Mitleid. „Ich bin davon auch nicht gerade begeistert, aber so ist es nun mal." Damit stand sie auf und verschwand im Flur, um sich für die Arbeit fertig zu machen. Als sie weg war, gingen Karl und Marlene niedergeschlagen in Karls Zimmer.

„Na toll", sagte Marlene. „Das war's dann wohl. Jetzt sitzen wir hier fest. Und ich habe den Ärger mit meinen

Eltern noch vor mir."

„Du wolltest ja zur Polizei!", antwortete Karl.

„Ach ja, jetzt bin ich an allem schuld, oder was?"

„Natürlich. Wer denn sonst?"

„Hmpf", machte Marlene und wandte sich beleidigt ab.

Es entstand eine längere Pause, in der beide ihren Gedanken nachhingen. Dann sagte Karl: „Komm, lass uns alles noch mal durchgehen. Vielleicht kommen wir noch auf irgendeine weitere Spur."

„Ach was. Was denn für eine Spur? Die Polizei kümmert sich doch jetzt drum."

„Hast du denen nicht zugehört?", fragte Karl. „Die wollen erst mal den Hanselmann wieder ausgraben und untersuchen lassen. Das kann dauern. Vorher machen die gar nichts."

„Hm", sagte Marlene. „Dann dauert's eben."

Karl sah ein, dass Marlene für weitere Ermittlungen nicht zu haben war und setzte sich an seinen Rechner. Er hatte mit der Sache noch nicht abgeschlossen. Vielleicht konnten ihm die Fotos von der Beerdigung noch mal weiterhelfen.

Konzentriert klickte er die Bilder durch und sah sich die Gesichter der vielen Gäste der Trauerfeier an. Dutzende Fotos hatte er bereits angeschaut, als er plötzlich innehielt. „Da!", rief er. „Das ist er!"

„Da ist wer?", fragte Marlene gelangweilt. Sie hatte sich wieder ihrem Buch gewidmet.

„Dieser Typ, der auch auf den Fotos mit der Sängerin, dieser Elena Maranelli, ist. Schau!"

Unwillig rappelte sich Marlene auf und sah auf Karls riesigen Bildschirm.

Er hatte recht. Auch sie erkannte den Mann wieder. „Ja, und?“, sagte sie. „Der Typ war auf der Beerdigung. Zusammen mit hundert anderen. Was bringt das jetzt?“

„Ach, vergiss es. Leg dich wieder hin und mach was du willst“, entgegnete Karl, und genau das machte Marlene.

Karl hingegen klickte die Fotos erneut durch, in der Hoffnung, den Mann mit den dunklen, welligen Haaren noch irgendwo anders zu entdecken.

Er hatte Glück: Auf den letzten Bildern, die zeigten, wie ein kleines Grüppchen von Streichern aus dem Opernorchester dem Toten noch ein letztes Ständchen am Grab spielten, war er gleich noch ein paar Mal zu sehen, und zwar als Dirigent. „Ha!“, rief Karl. „Ich hab ihn!“

Marlene sah auf, sagte aber nichts.

„Das ist dieser andere Dirigent. Der, der eigentlich Chefdirigent werden sollte, bevor der Hanselmann die Stelle bekam. Wie heißt der noch mal? Der hatte irgendeinen spanisch klingenden Namen …“

Karl nahm sich seine Notizen vor, die er bei dem Gespräch mit den Opernmusikern gemacht – und glücklicherweise ebenfalls auf seinem Rechner zu Hause gesichert hatte. Kurz darauf triumphierte er: „Paolo da Silva! Das ist also der geheimnisvolle Liebhaber von dieser Elena Maranelli. Und Hanselmann hatte Fotos von den beiden Turteltäubchen … Was könnte das bedeuten?“ Sogleich flogen Karls Finger erneut über die Computer-Tastatur. „Wollen wir doch mal sehen …“, murmelte er dabei. „Paolo da Silva …“

Über den Dirigenten gab es etliche Einträge im Internet. Die meisten handelten von Opernvorstellungen, die er als Dirigent geleitet hatte. Offenbar war er schon seit vielen Jahren an der Stuttgarter Oper engagiert.

Karl scrollte die Ergebnisse durch und überflog die Stichworte dazu. Auf der zweiten Seite der Suchergebnisse fand er etwas, das er sich genauer ansah: Ein kurzer Beitrag der *Stuttgarter Zeitung* mit der Überschrift „Neuer Meister am Dirigentenpult“. Darunter stand: „Paolo da Silva lehnt Chefposten an der Oper überraschend ab – Sebastian Hanselmann übernimmt.“

Inzwischen war auch Marlene wieder neugierig geworden und schaute Karl über die Schulter.

Als sie den kurzen Artikel durchgelesen hatte, sagte sie: „Hanselmann hat also entgegen aller Erwartungen als Neuling an der Oper den Chefposten gekriegt. Und? Deshalb wird ihn dieser da Silva ja wohl nicht gleich umgebracht haben.“

„Allein deshalb vielleicht nicht“, murmelte Karl und kehrte wieder zurück zu den Ergebnissen der Suchmaschine.

In diesem Moment klingelte sein Handy.

Nachdem sein Smartphone von ihrem Entführer zerstört worden war, hatte er die SIM-Karte wieder in sein altes Gerät eingebaut, das glücklicherweise noch funktionierte.

Auf dem Display erschien eine unbekannte Nummer. Karl nahm ab. „Hallo?“ Kurz darauf nahm sein Gesicht einen verblüfften Ausdruck an. „Frau Hanselmann?“, fragte er. „Die Ehefrau von Sebastian Hanselmann?"

Marlene hörte gespannt zu, was als nächstes kam. „Aha. Und warum erzählen Sie das nicht der Polizei?", kam es von Karl kurz darauf. Und nach einer weiteren Pause: „Na ja, das ist nicht ganz einfach, wissen Sie …" Frau Hanselmann schien Karl um irgendetwas zu bitten. Schließlich sagte Karl: „Also gut, ich komme so schnell wie möglich." Dann legte er auf.

„Was war das denn?", wollte Marlene wissen.

„Das war Frau Hanselmann", antwortete Karl.

„Ja, so viel habe ich auch verstanden. Und was wollte sie? Los, sag schon!"

„Sie will, dass ich zu ihr komme. Sie sagt, sie weiß inzwischen, dass ihr Mann ermordet wurde und dass wir in dem Fall ermitteln. Anscheinend hat sie irgendeine interessante Information, die sie mir unbedingt persönlich übermitteln will. Der Polizei will sie es nicht sagen, weil die ihr wohl nicht glauben würde."

Marlene blickte höchst skeptisch. „Ach", sagte sie und runzelte die Brauen. „Und woher hat sie deine Nummer?"

„Von Frau Eierle. Der hatte ich sie doch extra noch aufgeschrieben."

„Du willst ja wohl nicht im Ernst da hingehen, oder?", bemerkte Marlene. „Wir können hier sowieso nicht weg, das weißt du."

„Vielleicht schaffe ich es ja irgendwie abzuhauen … mit deiner Hilfe. Marlene, bitte! Wir sind so kurz davor, einen Mord aufzuklären! Ich muss zu der Hanselmann und hören, was sie zu sagen hat!"

Marlene schüttelte den Kopf. „Du hast einen riesen Dachschaden, Karl Kessel! Dieser Verrückte hat gedroht, uns umzubringen, falls wir uns weiterhin einmischen! Du erinnerst dich?“

„Ja, schon“, musste Karl zugeben. „Aber jetzt ist helllichter Tag draußen. Er wird mir ja wohl nicht gerade am Marienplatz vor tausend Leuten die Kehle aufschlitzen.“

„Wer weiß“, meinte Marlene.

Karl wurde etwas blass um die Nase, als vor seinem geistigen Auge das Bild seiner eigenen Leiche auf dem Marienplatz mit aufgeschnittener Kehle Gestalt annahm. Dann vertrieb er die blutige Vorstellung wieder und sagte: „Ach, Blödsinn. Bitte, Marlene, ohne dich schaffe ich das nicht. Du musst die Bullen vor der Tür irgendwie ablenken, damit ich unbemerkt abhauen kann.“

„Nein!“, kam es entschieden zurück. „Ich muss aufs Klo.“ Damit verließ Marlene den Raum. Karl ging hinterher und positionierte sich vor dem abgeriegelten Badezimmer. „Marlene, bitte! Die Hanselmann wartet auf mich. Vielleicht ist sie in Gefahr!“

„Umso schlimmer!“, kam es aus dem Badezimmer.

Karl merkte, dass das ein absolut bescheuertes Argument gewesen war und biss sich vor Ärger auf die Lippen. „Nein, wahrscheinlich ist sie das nicht“, versuchte er es noch einmal. „Sie will mir doch nur irgendetwas mitteilen.“

„Und warum kann sie das nicht am Telefon?“

„Ich weiß es nicht!“, quengelte Karl. Dabei überlegte er fieberhaft, wie er es ohne ein Ablenkungsmanöver von Marlene schaffen könnte, das Haus unbemerkt zu verlassen. Die einzige Möglichkeit war, vom Hof aus über die Mauer auf das Nachbargrundstück zu gelangen und von dort aus zu verschwinden. Aber über die Mauer würde er es wahrscheinlich kaum schaffen, ohne sich dabei den Hals zu brechen. „Marlene?“

„Ja?“, ertönte es schroff.

„Bist du immer noch auf dem Klo?“

„Ja.“

„Also, was ist jetzt?“

„Nein.“

„Dann muss ich es allein schaffen und im Hof über die Mauer klettern.“

„Dabei wirst du dich umbringen.“

„Vielleicht. Und dann wärst du schuld.“

Die Türe schwang auf und Marlene stand wie eine wild gewordene Furie mit verschränkten Armen vor ihm. „Und wenn was passiert?“

„Ach, was soll schon passieren?“

Marlene presste ihre Lippen aufeinander. „Und wie, bitteschön, soll ich die Bullen ablenken?“

„Du gehst einfach runter und fragst sie, ob du dir oben beim Bäcker eine Brezel holen kannst, und verwickelst sie noch in ein kurzes Gespräch. Währenddessen verschwinde ich über die Hofeinfahrt.“

Marlene verdrehte die Augen. „Habe ich eine Wahl?“

Karl schüttelte den Kopf.

„Also gut. Aber ich sage dir eines: Nach spätestens einer Stunde rufst du mich an und sagst mir, was los ist. Höre ich nichts von dir, sag ich sofort den Bullen Bescheid.“

„Okay“, grinste Karl. „Aber gib mir anderthalb Stunden. Ich brauche ja schon eine halbe Stunde, bis ich mit dem Bus auf der Lenzhalde bei der Hanselmann bin.“

„Also gut. Wollen wir dann los?“

„Klar!“

13

Alles ging glatt, und Karl saß nur etwa fünfzehn Minuten später im Bus Richtung Killesberg.

Was hatte Frau Hanselmann ihm so Dringendes zu berichten? Er konnte es sich nicht vorstellen. Aber bestimmt war es etwas Wichtiges, denn sonst hätte sie ihn wohl kaum um seinen Besuch gebeten. In Gedanken ging er noch einmal durch, was er über Frau Hanselmann wusste: Sie war Chemikerin, ist kürzlich erst nach Stuttgart gezogen, hatte öfter Streit mit ihrem mittlerweile toten Ehemann gehabt und kriegte immer mal wieder abends Besuch von einem Mann, dessen Identität sie nicht kannten.

Als er das Haus am Killesberg erreichte, fiel ihm nichts Besonderes auf. Er klingelte, und prompt erklang der Türsummer, so dass er das Tor öffnen konnte, hinter dem die Stufen hinauf zum Eingang führten. Die Haustür war angelehnt.

Vorsichtig, als dürfte er nicht ertappt werden, schob Karl die Türe noch einen Spalt breit weiter auf und lugte hinein. Es war keiner zu sehen. Dann betrat er das Treppenhaus und ging langsam nach oben, wo sich, wie er wusste, die Wohnung der Hanselmanns befand. Seine Schritte waren geräuschlos. Die Stufen der Wendeltreppe waren mit einem sandfarbenen Teppichboden belegt. Er hatte noch nicht die Biegung der Treppe erreicht, als von oben eine nervös klingende Frauenstimme erklang: „Karl Kessel, bis du das?“

„Ja“, sagte Karl leise und stellte fest, dass seine Stimme etwas heiser klang. Er räusperte sich und ging weiter. Dann sah er die Frau. Es war eindeutig Ingrid Hanselmann, die Ehefrau des toten Dirigenten. Er hatte sich ihr Gesicht bei der Beerdigung eingeprägt. Höflich sagte er: „Guten Tag Frau Hanselmann. Sie haben mich angerufen. Hier bin ich also.“

Inzwischen hatte er die Treppe vollständig erklommen.

„Ja, schön. Vielen Dank“, sagte sie, zeigte ein zaghaftes Lächeln und bat ihn herein.

Frau Hanselmann war eine attraktive Frau um die vierzig, was Karl schon früher aufgefallen war. Jetzt wirkte sie allerdings erschöpft und ausgelaugt. Sie war blass und sah übernächtigt aus.

Kein Wunder, dachte sich Karl. Schließlich hatte sie ihren Ehemann kürzlich verloren und jetzt anscheinend auch noch herausgefunden, dass er ermordet worden war.

Als sie gemeinsam an einer großen hölzernen Tafel im Esszimmer Platz genommen hatten, ergriff Frau Hanselmann das Wort: „Karl, ich bin so froh, dass du und deine Freundin herausgefunden habt, was wirklich mit meinem Mann passiert ist“, fing sie an. „Bitte erzähle mir doch, was ihr herausgefunden und in der Sache unternommen habt.“

Karl überlegte kurz. Dann sagte er: „Ich dachte, Sie wollten mir etwas erzählen?“

„Ja, das ist richtig. Aber zuerst bitte ich dich, mir zu berichten, was du weißt. Bitte … mein geliebter Ehemann …“

Frau Hanselmann schienen jeden Moment die Tränen zu kommen. Mit weinenden Frauen konnte Karl überhaupt nicht umgehen. Nervös räusperte er sich erneut und war schon im Begriff, seine Fingernägel mit den Zähnen zu bearbeiten, besann sich dann aber. „Also gut. In Ordnung“, sagte er und erzählte Frau Hanselmann in groben Zügen, was ihre inoffiziellen Ermittlungen ergeben hatten. Die Entführung ließ er aus. Den Schluss bildete die Darstellung ihres Besuchs bei der Polizei.

Ingrid Hanselmann war augenscheinlich am Ende mit ihren Nerven. Schon wieder schluchzte sie, riss sich dann aber zusammen. „Vielen Dank, Karl. Ich bin euch so dankbar. Ohne euch … Gut, dass ihr zur Polizei gegangen seid. Und diese Fotos von Frau Maranelli und Herrn da Silva und die von Sebastian, wo man …“

An dieser Stelle wandte sich Frau Hanselmann kurz ab und atmete tief durch, bevor sie Karl mit glasigen Augen wieder ansah und weiter sprach. „Wo man sieht, dass er von einer Schlange gebissen wurde – diese Fotos sind jetzt bei der Polizei?“

Karl schüttelte den Kopf. „Nein. Ich habe sie wieder

mitgenommen. Ich habe sie sogar hier bei mir. Die Polizei will jetzt eine Exhumierung beantragen, um zweifelsohne festzustellen, dass es sich um einen Schlangenbiss und somit um Mord handelt. Ich kann die Fotos aber natürlich jederzeit wieder übergeben, sobald die Kommissare sie für ihre Ermittlungen brauchen."

„Ja …", sinnierte Frau Hanselmann. „Und wo hast du diese Fotos noch digital gespeichert? Mein Gott, ist das alles fürchterlich …"

Karl zuckte mit den Schultern. „Auf einer Cloud im Netz. Dort sind sie am sichersten", antwortete er. „Aber jetzt möchte ich wirklich gerne erfahren, was Sie mir zu sagen haben."

„Natürlich", sagte sie und lächelte plötzlich. Karl hatte kaum Zeit, dieses seltsame Lächeln zu interpretieren, denn hinter ihm erklang auf einmal eine weitere Frauenstimme: „Sie wollte dir nur sagen, dass du ein ganz, ganz dummer Junge bist!"

Karl drehte sich um, und da durchfuhr es ihn wie ein Blitz. Er war in eine Falle getappt! Dort stand die Sängerin Elena Maranelli – sie war zugegebenermaßen eine umwerfend schöne Frau und hatte dazu noch eine betörende Stimme, selbst wenn sie sprach – mit einem Messer in der Hand, dessen Spitze auf ihn gerichtet war.

Karl blieb keine Zeit, zu reagieren. Mit drei Schritten war sie bei ihm, packte ihn von hinten und legte ihm die Klinge an den Hals.

„Was soll das?", brachte Karl gepresst hervor. „Was wollen Sie von mir?"

„Wir haben dich schon einmal gewarnt, Karl Kessel“, sagte Elena Maranelli. Ihre Stimme klang so eiskalt wie sich die Klinge an seinem Hals anfühlte. „Aber du brauchst keine Angst haben. Wenn du das tust, was wir dir sagen, kannst du, sobald alles erledigt ist, einfach wieder nach Hause gehen und alles vergessen.“

Karls Hirn arbeitete wie ein Hochleistungsrechner. Ingrid Hanselmann und Elena Maranelli. Sollten die beiden Damen also hinter dem Mord stecken? Aber wer war dann ihr Entführer gewesen? Und welches Motiv hatten die beiden Frauen gehabt?

„Sie beide haben also Herrn Hanselmann getötet“, sagte er.

„Du hast es erfasst, Junge“, stieß Elena Maranelli hervor. „Er war selbst schuld. Hätte er sich nicht in fremde Angelegenheiten eingemischt – genau wie du! Und jetzt will ich die Fotos haben! Ingrid, durchsuch seine Tasche!“

Frau Hanselmann fing sogleich an, Karls Tasche zu durchwühlen und wurde schnell fündig. Sie fischte das Fotopaket heraus und sah sich die Bilder nacheinander an.

Offensichtlich zufrieden, legte sie den Stapel auf den Tisch. Karl rann derweil der Schweiß in Strömen herunter. Seine Haare klebten ihm nass auf der Stirn. Wie hatte er so blöd sein können? Hätte er nur auf Marlene gehört!

„Warum?“, fragte er mit zittriger Stimme. „Warum haben Sie das getan? Und warum war Herr Hanselmann selbst schuld?“

Elena Maranelli lachte. „Dieser Schwachkopf hat gedacht, er könnte uns erpressen, mich und meinen Maestro. Dafür musste er teuer bezahlen.“

Die Sängerin hatte einen ausgeprägten italienischen Akzent, was ihrer Sprache eine interessante Färbung verlieh.

„Er hat Sie erpresst? Womit denn? Was wollte er? Geld?“ Jetzt lachte Frau Hanselmann. Die beiden Mörderinnen schienen sich ja köstlich zu amüsieren, dachte Karl. „Geld hat er weiß Gott nicht nötig gehabt, Karl. Und trotzdem war er ein Geizhals … Aber was soll's! Jetzt gehört ja alles mir.“

Karl dämmerte es. Ingrid Hanselmanns Motiv war also Habgier gewesen. Sie hatte das Vermögen ihres Mannes gewollt, das offensichtlich beträchtlich gewesen sein musste. Und was diese Maranelli und ihren Macker da Silva betraf – auch da fielen so langsam aber sicher die übrigen Puzzlestücke an ihren Platz.

„Hanselmann wollte die Stelle als Chefdirigent, richtig? Er hat Sie und da Silva mit den Fotos erpresst und dem wahrscheinlich verheirateten da Silva damit gedroht, sein Verhältnis mit Ihnen auffliegen zu lassen, wenn er ihm nicht die Stelle als Chef in der Oper überließ.“

„So dumm bist du gar nicht, Junge“, sagte Elena Maranelli. „Aber jetzt ist Schluss mit dem Geplauder. Ingrid, hol den Computer.“

„Wieso Computer?“, wollte Karl wissen. Sein Nacken

war inzwischen höllisch verkrampft, weil er nicht wagte, seinen Kopf auch nur einen Zentimeter zu bewegen, solange er die Messerklinge an seinem Kehlkopf spürte.

„Du wirst jetzt die Bilder und alles andere von deiner Cloud löschen. Deshalb", entgegnete die Sängerin.

Karl überlegte. Nicht dumm, die beiden, das musste er ihnen lassen. Aber dennoch ... „Hören Sie, die Polizei weiß doch längst alles. Geben Sie auf. Sie kommen aus der Sache nicht mehr raus."

„Halt die Klappe, Junge", sagte Elena Maranelli, während Frau Hanselmann einen Laptop vor ihm platzierte und einschaltete.

„So, Karl", sagte sie. „Und jetzt wirst du alles von deiner Cloud löschen."

„Würden Sie die Güte haben und so lange das Messer von meinem Hals entfernen? Sonst kann ich nicht auf den Bildschirm schauen", sagte Karl, der stinksauer auf sich selbst war. Mit den Bildern würden alle existierenden Beweise verschwinden. Und er hatte tatsächlich keine Sicherungskopie auf dem Rechner in seinem Zimmer. Aber ihm blieb wohl keine Wahl.

Die Opernsängerin lockerte ihren Griff etwas, so dass er den Laptop bedienen konnte. Das Messer hielt sie allerdings immer noch bedrohlich nah an seinen Hals. Karl öffnete den Browser und verschaffte sich Zugriff auf den Server mit seiner Cloud.

„Hier, das ist der Ordner Hanselmann. Einen anderen gibt es nicht. Sie können das gerne überprüfen. Ansonsten gibt es hier nur noch Schulreferate und sonstiges

Langweiliges.“

„Gut. Löschen“, befahl Frau Maranelli und ließ ihn erneut die kühle Klinge spüren, was Karl dazu veranlasste zu tun, was sie wünschte. „So. Der Ordner ist weg. Würden Sie jetzt bitte das Messer weglegen?“

Erneut ließ die Sängerin ihr glockenhelles Lachen ertönen. „Ganz im Gegenteil! Wir sind noch nicht fertig, Karl. Jetzt rufst du bei der Polizei an und sagst denen, dass alles, was ihr erzählt habt, nur gelogen war.“

Karl atmete tief durch. Das war nicht schlecht durchdacht – und würde ihn endgültig als durchgeknallten Nerd dastehen lassen. „Ich habe die Nummer von denen gar nicht.“

Nun wurde Frau Hanselmann wieder tätig. Sie griff sich den Laptop und tippte etwas in die Tastatur. Kurz darauf drehte sie den Bildschirm wieder so, dass Karl ihn sehen konnte und sagte: „Bitteschön. Jetzt rufst du da an, verlangst denjenigen, mit dem ihr gesprochen habt und sagst, dass alles nur ein dummer Schülerstreich gewesen ist. Und keine Tricks oder sonst etwas, sonst wirst du spüren, wie scharf das Messer ist, glaube mir!“

Karl glaubte ihr tatsächlich. Die beiden Damen waren völlig durch den Wind. Er traute ihnen, vor allem dieser Maranelli, glatt einen weiteren Mord, und zwar an ihm, durchaus zu.

„Soll ich, ähm, mit meinem Handy … oder mit einem anderen Telefon?“

Auf dem Bildschirm stand die Nummer des Polizeireviers am Pragsattel.

„Nimm dein Handy", antwortete die Sängerin. „Und stelle den Lautsprecher ein, sobald das Freizeichen ertönt."

Karl zückte sein Telefon und sah unauffällig auf die Uhr auf dem Display. Vor etwa einer Stunde hatte er sich von Marlene verabschiedet. Sie würde also noch eine weitere halbe Stunde warten, bevor sie etwas unternahm. Hätte er nur nicht um diese weitere halbe Stunde gebeten! So ein verdammter …

„Los jetzt!", erklang die Stimme Ingrid Hanselmanns.

Karl gab die Nummer ein und stellte auf Lautsprecher. Es meldete sich ein Herr namens Schneider.

„Ja, guten Tag", stammelte Karl. Schon spürte er, wie der Druck der Klinge an seinem Hals zunahm. „Mein Name ist Karl Kessel. Ich war gestern bei Ihnen auf dem Revier und habe eine Aussage zu einem Mord gemacht. Jetzt möchte ich diese Aussage bitte zurücknehmen."

Es entstand eine kurze Pause.

„Und mit wem haben Sie gestern gesprochen, Herr Kessel?"

In einer weniger aufreibenden Situation hätte Karl lachen müssen. *Herr Kessel* hatte ihn bislang noch keiner genannt, soweit er sich erinnern konnte.

Er rief sich die Namen der Kommissare wieder ins Gedächtnis zurück. „Das waren die beiden Kommissare Schockenried und Rathvan und eine Kommissarin, sie hieß Tatjana von Senden", sagte er.

„So so", meinte Herr Schneider. „Nun gut. Ich werde Sie weiterleiten. Einen Moment bitte." Daraufhin ertönte in der Leitung eine der typischen, nervtötenden Warteschleifen-Melodien. Nach einigen Sekunden meldete sich die Stimme des Ersten Kriminalhauptkommissars Kurt Schockenried.

„Ja bitte?“, sagte er und klang dabei ziemlich genervt. Kurz und knapp teilte ihm Karl mit, was er unter den gegebenen Umständen mitzuteilen hatte. Er zermarterte sich das Hirn, wie er dem Kommissar irgendwie einen versteckten Hinweis geben könnte, aber es fiel ihm auf die Schnelle nichts ein.

Als er fertig war, herrschte Stille.

„Herr Kommissar, sind Sie noch da?“, fragte Karl.

„Ja. Ich habe verstanden“, kam es zurück. „Von wo rufst du an, Karl?“

„Ähm, von meinem Handy.“

In diesem Moment spürte Karl einen Ruck und dann einen brennenden Schmerz seitlich am Hals. Gleichzeitig bedeutete ihm Frau Hanselmann, das Gespräch mit dem Polizisten nun zu beenden. Karl wurde etwas schwindelig. Diese skrupellose Sängerin hatte ihm tatsächlich einen Schnitt verpasst!

„Sie … also, es tut mir leid, aber ich muss jetzt Schluss machen“, brachte Karl noch heraus. Dann legte er auf.

„Sind Sie wahnsinnig?“, fuhr er Elena Maranelli dann an. „Was soll das?“

So langsam aber sicher merkte er, wie er die Nerven verlor. Mit der rechten Hand berührte er vorsichtig die Stelle an seinem Hals, an der er den Schmerz verspürte. Als er sich daraufhin seine Finger ansah, haftete daran

Blut, und zwar nicht gerade wenig, wie er fand.

„Ich wollte dich nur davor warnen, etwas Falsches zu sagen“, hörte Karl die Sopranistin noch sagen, dann verschwamm plötzlich alles im Nebel, in seinen Ohren rauschte es, und er kippte vom Stuhl.

Karl konnte zwar Leichen besichtigen und dergleichen, ohne dass es ihm etwas ausmachte – ganz im Gegenteil! –, und andere durften auch seinetwegen im Blut schwimmen. All das ließ ihn kalt. Problematisch wurde es erst, wenn sein eigenes Blut im Spiel war. Etwas mehr als ein Tropfen, und ihm wurde schlecht. Noch ein bisschen mehr, und er konnte schon einmal das Bewusstsein verlieren, so wie jetzt.

Das nächste, was er spürte, war wundervoll: Kaltes Wasser. Im ersten Moment breitete sich ein seliges Lächeln auf seinem Gesicht aus. Endlich eine Erfrischung in dieser elenden Hitze!

Dann kehrten jedoch seine Erinnerungen schlagartig zurück, er öffnete die Augen und richtete sich wie von einer Tarantel gestochen auf, was sogleich einen weiteren Schwindelanfall nach sich zog. Die beiden offensichtlich geisteskranken Damen waren immer noch da, es war also alles kein Traum gewesen. Sie standen vor ihm und sahen selbst leicht erschreckt aus ob seiner jähen Wiederauferstehung.

Ein Gedanke waberte durch Karls Kopf. „Wo … ist eigentlich die Schlange?“, fragte er angestrengt.

„Um das liebe Tierchen musst du dir keine Sorgen machen, Junge“, antwortete Elena Maranelli. Es ist in Sicherheit und es geht ihm gut."

„Aha. Kann ich jetzt dann gehen?", fragte Karl. Mit leichter Schadenfreude stellte er fest, dass der helle Teppich unter ihm schrecklich besudelt war. Den Gedanken daran, dass diese Verunreinigung etwas mit seinem eigenen Blut zu tun haben musste, verbannte er jedoch sogleich in den virtuellen Papierkorb seines Hirns.

„Du gehst jetzt heim, überlegst dir eine plausible Erklärung für die Verletzung an deinem Hals und vergisst am besten die ganze Geschichte, klar?", sagte Frau Hanselmann und ging in Richtung Tür.

„Klar", murmelte Karl und folgte ihr.

Mit dieser Aktion hatte er endgültig alles vermasselt. Alles! Zwar wusste er nun, wer Hanselmanns Mörder waren, jedoch würden diese aufgrund seiner eigenen Dummheit vermutlich ungestraft davonkommen. Alle Beweise, die sie gehabt hatten, waren dahin. Alles war weg und gelöscht. Sie hatten nichts mehr in der Hand, und die Polizei würde ihnen kein einziges Wort mehr glauben und den Fall zu den Akten legen.

Die Verzweiflung stieg in Karl hoch, während er sich die Stufen zur Haustüre hinabschleppte. Er hätte heulen können vor Ärger. Das Öffnen des schweren stählernen Tores, das hinaus auf die Straße führte, war beinahe zu viel für seine Kraftreserven.

Auf dem Gehweg hätte er sich am liebsten hingesetzt und einfach abgewartet, was sein Schicksal ihm als nächstes zu bieten hatte, aber das hatte ja auch keinen Sinn.

Sein Blick haftete auf seinen Füßen, die sich Schritt für Schritt vorwärts bewegten, als seien sie ferngesteuert, als auf einmal Marlene vor ihm auftauchte wie ein Hase aus dem Hut eines Zauberers.

Karl sah sie an und dachte angestrengt darüber nach, ob es sich um ein Trugbild handelte oder ob es tatsächlich möglich war, dass sie hier plötzlich vor ihm stand. Offensichtlich war sie es wirklich, denn im nächsten Moment griff sie ihn am Arm und zog ihn Richtung Straße auf ein Taxi zu, das dort wartete.

„Komm", sagte sie. „Was trödelst du denn so rum? Ich würde sagen, wir hauen jetzt schleunigst hier ab!" Damit verfrachtete sie ihn auf die Rückbank des Taxis. Karl hoffte, dass es sich um einen schlechten Traum handelte, denn es war das grauenvolle Taxi mit dem indischen Fahrer. Lauter bunte Elefanten und Figürchen tanzten plötzlich in seinem Sichtfeld herum. Er stöhnte auf. „Oh Gott, bitte nicht", ächzte er.

„Fahren Sie bitte los, und zwar direkt zum Polizeipräsidium am Pragsattel!", wies Marlene den Fahrer an.

Karl erinnerte sich, dass er Backfisch mit Nachnamen hieß, oder jedenfalls so ähnlich. Dann sickerte der Satz, den Marlene soeben gesagt hatte, bis in sein Gehirn durch, und sofort läuteten alle Alarmglocken.

„Nein!", entfuhr es ihm. „Auf gar keinen Fall! Marlene, du hast ja keine Ahnung … Wir können nicht zur Polizei. Es ist alles aus. Die Mörderinnen haben gewonnen. Alles ist futsch."

„Ja ja, jetzt sei mal nicht so theatralisch. Ich habe sehr

wohl eine Ahnung, ich habe nämlich alles von deinem netten Stelldichein mit den beiden Damen mitgekriegt. Und aus ist es jetzt allerdings – nämlich für die beiden Mörderinnen."

Karl hatte es befürchtet: Backfisch schaltete wieder seine indische Musik ein und fing an, lauthals mitzusingen. Wenigstens hatte er den Eindruck, dass die Umnebelung seines Geistes so langsam nachließ und er wieder einigermaßen klar denken konnte.

„Was?", bemerkte er. „Wie, du hast alles mitgekriegt? Wo … Wie … Und warum hast du mir nicht geholfen? Die hätten mich abstechen können!"

„Das haben sie aber nicht. Und wenn ich euch Gesellschaft geleistet hätte, hätte ich wohl kaum euer interessantes Gespräch und somit ein vollständiges, hübsches Geständnis der beiden Mörderinnen durch das offen stehende Fenster mit meinem I-Phone aufnehmen können." Marlene grinste triumphierend.

Karl klappte der Kiefer herunter. Das war allerhand. „Du hast was?", entfuhr es ihm. „Im Ernst?" Dann runzelte er die Stirn. „Was machst du überhaupt hier? Wie bist du überhaupt hierhergekommen?"

„Genauso wie du, schätze ich. Nur habe ich einen Bus später genommen. Ich hatte irgendwie im Gefühl, dass an der Geschichte von der Hanselmann was faul ist und dachte, ich könnte dir vielleicht behilflich sein. Dort habe ich mich dann einfach aufs Grundstück geschlichen und bin außen am Balkongerüst hochgeklettert. Von da aus konnte ich live dabei sein, habe alles mitverfolgt und, wie gesagt, auch gleich aufgenommen. Ich habe die Aufnahme bereits getestet. Beste Tonqualität!"

„Ich … das gibt's ja nicht", sagte Karl, der ehrlich beeindruckt war. „Du bist ein Balkongerüst hochgeklettert?", fragte er ungläubig. „Wie ein Affe?"

Marlene zuckte die Schultern. „Wahrscheinlich so ähnlich, ja."

Schließlich meldete sich Backfisch zu Wort: „Ihr seid lustig, haha! Immer spannende Geschichten, ja?"

Karl fiel auf, dass es in dem vollgestopften Wagen eine neue Figur gab: Einen grell-bunten Elefanten mit rot blinkenden Augen, der direkt hinter dem Lenkrad saß. Das Tier sah aus wie ein der Hölle entstammender Zombie-Elefant.

„Freund Kall verletzt! Will er Pflaster? Ich habe Pflaster. Warte!" Der Fahrer fing an, während seiner rasanten Tour die Heilbronner Straße hinauf in einem hoffnungslos überfüllten Handschuhfach nach Pflastern zu suchen.

„Ich heiße Karl, nicht Kall", fiel Karl dazu ein.

„Äh, ja, das ist sehr nett von Ihnen. Vielleicht haben Sie auch noch ein Taschentuch? Aber sicher wäre es besser, Sie würden erst danach suchen, sobald wir an der Ampel stehen", schlug Marlene vor.

Der Taxifahrer lachte sich halb kaputt. „Ja ja! Gut, Tuch habe ich auch!" Daraufhin griff er wieder nach dem Lenkrad und sang weiter. Während der Rotphase an der nächsten Ampel fischte er in der Tat ein sauberes Taschentuch und ein Pflaster aus seinem Chaos und reichte es Marlene, die daraufhin begann, Karl zu verarzten. „Ist nicht so schlimm“, verkündete sie. „Bloß eine kleine Schramme.“

„Du hättest das Messer sehen sollen“, sagte Karl.

„Das habe ich gesehen“, entgegnete Marlene. Sie nahm das beachtlich große Pflaster zur Hand, musste aus irgendeinem Grund grinsen, und machte sich daran, es Karl auf den Hals zu kleben. Im letzten Moment sah Karl, was sie so amüsierte.

„Oh nein, ganz bestimmt nicht!“, sagte er und schüttelte vehement den Kopf. Auf dem Pflaster war ein Elefant abgebildet.

„Ach, jetzt stell dich nicht so an. Die Wunde ist zwar halb so schlimm, aber es sieht schon etwas komisch aus, wenn du mit so einem Schnitt am Hals …“ Und schon hatte sie das Pflaster platziert. Karl gab auf und versuchte, die indische Hölle aus seinem Bewusstsein zu verbannen. Es gelang ihm einigermaßen.

„Du hast das wirklich alles aufgenommen?“ Er konnte es immer noch nicht fassen. Damit hatte Marlene ihren ganzen Fall gerettet, das musste er sich eingestehen.

„Ja“, sagte sie. „Und jetzt marschieren wir aufs Polizeirevier zu diesem Herrn Schockenrinde, oder wie der heißt, und spielen ihm das schön vor. Dazu erzählen wir ihm, was passiert ist, und damit dürfte die Geschichte ja wohl erledigt sein, und die beiden Damen wandern in den Knast. Die einzige Frage, die bleibt, ist, wer eigentlich der mysteriöse Motorradfahrer war, der uns in diesem Waldhaus angekettet und deine Sachen geschrottet hat, und wer die beiden Typen waren, die uns verschleppt haben. Aber ein bisschen Arbeit müssen wir den Bullen ja auch noch lassen."

Karl nickte gedankenverloren. „Apropos", bemerkte er dann. „Wie bist du eigentlich unseren Wächtern im Strohberg entwischt?"

„Ich habe gefragt, ob ich mir beim Bäcker Frank eine Brezel kaufen kann, so wie du es vorgeschlagen hattest. Das hielten sie wohl für ungefährlich. Dann bin ich erst mal wieder zurück ins Haus, von dort aus in den Hof, von dort aus über die Mauer aufs Nachbargrundstück und von dort aus auf und davon."

„Aha", meinte Karl und nickte anerkennend. „Also … ich sag das ja ungern, aber das hast du echt ziemlich gut hingekriegt alles."

Marlene lachte. „Vielen Dank, Sherlock."

Mit quietschenden Reifen hielt das Taxi an, so dass Karl mit der Stirn an die vordere Kopfstütze prallte. „Verdammt nochmal", fluchte er. „Können Sie nicht …"

„Vielen Dank, Herr Bakshi", übertönte Marlene Karls Unflätigkeiten. „Das war wirklich sehr nett von Ihnen!"

Oh ja, ja!", antwortete der Taxifahrer. „Ich freue mich! Und du sagst Bharat zu mich, ja? Bharat."

„Alles klar, Bharat. Also, vielen Dank noch mal. Was kriegst du von uns?"

„Nein, nein, nix, nix!", sagte er und schüttelte seinen Kopf so wild, dass Karl befürchtete, er würde sich dabei den Nacken verrenken.

„Doch, doch, bitte nehmen Sie wenigstens das!", sagte Marlene und hielt ihm einen Zehn-Euro-Schein hin, den er nach einigem Zögern endlich annahm. „Gerne wieder! Gerne wieder!“

Als sie vor dem Polizeipräsidium ausgestiegen waren und das Taxi aus ihrem Blickfeld verschwunden war, sagte Karl: „Eines verstehe ich aber immer noch nicht.“

„Was denn?“, fragte Marlene.

„Wieso ist denn Backfisch plötzlich in der Lenzhalde gewesen?“

„Ich habe ihn angerufen! Seine Visitenkarte hatte ich noch bei mir, und ich dachte, es wäre vielleicht nicht schlecht, ein Taxi zu haben, sobald die ganze Geschichte gelaufen ist.“

„Ach so“, sagte Karl. „Könntest du nächstes Mal vielleicht ein normales Taxi bestellen? Noch einmal halte ich das nicht aus.“

14

Kriminalhauptkommissar Kurt Schockenried staunte nicht schlecht, als Karl und Marlene erneut in seinem Büro auftauchten. Er schien über ihren Besuch nicht gerade glücklich.

„Wenn das nicht Karl Kessel ist …“, brummte er. „Und seine Freundin Marlene. Sagt mal, ihr zwei, wollt ihr mich zum Narren halten? Ist euch vielleicht inzwischen schon wieder eine neue Geschichte eingefallen, die ihr uns auftischen wollt?“

„Hören Sie“, fing Karl an. „Mein letzter Anruf … das war nicht … also das war so: Ich bin blöderweise in eine Falle getappt und direkt in den Armen der Mörderinnen gelandet. Und die haben mich dazu gezwungen. Was ich Ihnen am Telefon gesagt habe, also, dass alles gelogen war und so, stimmt nicht. Nichts war gelogen.“

Kurt Schockenried sah sie schweigend an und wusste womöglich nicht so recht, was er nun glauben und was er nicht glauben sollte.

„Was zum Teufel macht ihr überhaupt hier? Ich wollte gerade einen der Kollegen, die vor eurer Türe stehen, zu euch hoch schicken, um nach euch zu sehen. Das kann ich mir dann wohl sparen. Moment mal …"

Damit griff er zum Telefon und beauftragte irgendjemand damit, die beiden Polizisten im Strohberg von ihrer mittlerweile unnötig gewordenen Aufgabe zu erlösen. „Sie sollen sofort ins Präsidium kommen, die Grünschnäbel. Die können sich was anhören!" Damit legte er wieder auf und wandte sich Karl und Marlene zu.

„Jetzt erzählt ihr mir, was passiert ist. Und ich warne euch – wenn ihr hier meine Zeit vergeudet, werdet ihr was erleben", verkündete er.

„Warum haben Sie eigentlich immer so schlechte Laune?", mischte sich nun Marlene ein. „Sie sollten sich freuen und uns dankbar sein. Der Fall ist inzwischen nämlich so gut wie gelöst. Die Mörderinnen sind entlarvt und wir haben die nötigen Beweise dafür."

Sie kramte ihr Smartphone hervor und suchte nach der Aufnahme. „Moment noch, ich hab's gleich."

„Die Mörderinnen? Wie viele sind es denn?", wollte Kurt Schockenried wissen und musste grinsen. Offensichtlich glaubte er Marlene kein Wort.

„Zwei", antworteten Karl und Marlene gleichzeitig. Dann erzählte Marlene, wie es dazu gekommen war, dass Karl Frau Hanselmann aufgesucht hatte, und alles, was sonst noch in diesem Zusammenhang notwendig war zu erklären. Daraufhin spielte sie ihre Aufnahme ab.

Karl musste sich insgeheim selbst dafür loben, dass er trotz der unangenehmen Situation so gut kombiniert und genau die richtigen Fragen an die beiden Mörderinnen gerichtet hatte. So bestand an ihrer Schuld dank

Marlenes Aufnahme keinerlei Zweifel.

„Ich bin beeindruckt, das muss ich zugeben", sagte Schockenried, nachdem er sich alles angehört hatte. „Und das sind also die Ehefrau des toten Dirigenten, Ingrid Hanselmann, und diese Opernsängerin Elena Maranelli, ja?"

Die Meinung des Kommissars über ihre Glaubwürdigkeit schien sich im Handumdrehen geändert zu haben.

„Richtig", bestätigten Karl und Marlene.

Schockenried dachte nach. Er kratzte sich an seinem unrasierten Kinn und sagte dann: „Euch ist klar, dass ihr äußerst unvorsichtig und riskant gehandelt habt, oder? Wisst ihr, mit Mördern ist oft nicht gut Kirschen essen."

„Ja, aber …", wollte Marlene sich verteidigen, wurde aber von Schockenried unterbrochen.

„Das habt ihr hervorragend hingekriegt", teilte er mit. „Wenn es möglich wäre, würde ich euch sofort hier einstellen." Er zündete sich eine Zigarette an.

„Vielen Dank", sagte Marlene. Karl nickte nur. „Was ist eigentlich mit meinem Tablet und meinem Smartphone? Ich brauche neue Geräte."

Schockenried lehnte sich in seinem Sessel zurück. „Da werde ich mich drum kümmern. Aber so, wie ich das verstanden habe, habt ihr uns noch die Aufgabe übrig gelassen, eure Entführer zu schnappen. Sobald wir den festgenagelt haben, der deine Sachen kaputt gemacht hat, werde ich dafür sorgen, dass er wegen Sachbeschädigung dran ist, und du neue Geräte bekommst. Aber das muss noch warten. Nun stehen uns erst einmal einige Festnahmen und Verhöre bevor. Laut eurer letzten Aussage scheint ja wohl eine ganze Reihe von Personen in diese Geschichte verwickelt zu sein."

Schockenried nahm einen tiefen Zug von seiner Zigarette und warf einen gedankenverlorenen Blick aus dem Fenster. „Wir könnten vielleicht Hilfe bei der Identifizierung der entsprechenden Personen brauchen. Wie wär's – wollt ihr mitkommen?"

„Auf jeden Fall!", verkündete Karl.

„Klar!", meinte Marlene.

„Hab ich mir gedacht", sagte Schockenried. „Aber dass eines klar ist: Eure Eltern müssen damit einverstanden sein. Wir wollen hier deswegen keinen Ärger kriegen. Und ihr macht genau – und ich meine damit: genau – das, was ich euch sage, klar? Ihr fahrt bei mir mit. Mit euren Eltern könnt ihr das selbst abklären, ich will aber bei dem Gespräch zuhören, um sicher zu sein … Wollt ihr sie gleich anrufen?"

Karl verdrehte die Augen. Er war sich nicht sicher, was seine Mutter dazu sagen würde. „Können Sie nicht bei meiner Mutter anrufen und sagen, dass Sie unsere Hilfe benötigen? Dann würde sie bestimmt eher ja sagen als wenn ich sie frage, wissen Sie."

Schockenried überlegte kurz, willigte aber ein.

„Also gut", sagte er und griff zum Telefonhörer. „Nummer?"

***

Auch aus Marlenes Mutter kriegten sie nach einigermaßen langen und wirren Erklärungen schließlich ein „Ja" heraus, und so saßen Karl und Marlene nur kurze Zeit später auf der Rückbank von Schockenrieds etwas in die Jahre gekommenen Zivilfahrzeugs. Ihnen folgten zwei Streifenwagen, die jeweils von zwei uniformierten Polizisten besetzt waren.

Die Verhaftungen gingen weniger spektakulär vonstatten, als Karl sich das gewünscht hätte. Dieser Kommissar Schockenried gab sich kalt wie eine Hundeschnauze und ließ von seinen uniformierten Kollegen einfach einen nach dem anderen mit Handschellen abführen und ins Präsidium bringen.

Als erstes standen natürlich die Hauptpersonen des Dirigenten-Dramas auf dem Plan: Die Sopranistin Elena Maranelli sowie die habgierige Ehefrau des toten Dirigenten, Ingrid Hanselmann. Die beiden Damen hielten sich nach wie vor in der Wohnung der Hanselmanns auf dem Killesberg auf und waren sichtlich verblüfft, als Karl und Marlene mit mehreren Polizisten und einem Kommissar der Mordkommission vor der Tür standen und sie verhafteten.

Die nächste Tour ging in die Wilhelma, wo Kommissar Schockenried sich und dem Rest der Truppe mit seinem Ausweis sofortigen Zutritt verschaffte. Karl und Marlene gelang es ohne Schwierigkeiten, den Reptilien-Tierpfleger zu identifizieren, der sie jüngst über das halbe Wilhelma-Gelände gejagt hatte, nachdem sie sein delikates Telefongespräch belauscht hatten. Auch dieser

Herr wurde ohne große Gegenwehr in Handschellen abgeführt.

„So, das war's wohl erst mal", meinte Schockenried, als sie die Wilhelma wieder verlassen hatten. Den Tierpfleger hatten die Polizisten bereits im Streifenwagen mitgenommen. „Da wir die beiden Mörderinnen und einen der Drahtzieher nun auf dem Präsidium haben, denke ich, besteht für euch keine Gefahr mehr. Ich fahre euch jetzt heim."

„Was? Und das war's dann?", fragte Karl. Sie befanden sich bereits wieder auf der Cannstatter Straße in Richtung Stuttgart Mitte. „Und was ist mit den Typen, die uns verschleppt haben und dem, der meine Sachen kaputt gemacht hat?"

„Wer das war, werden wir sicherlich aus den beiden Mörderinnen herausquetschen. Die sitzen jetzt erst mal bei uns in Untersuchungshaft und werden verhört. Mal sehen, was sie zu erzählen haben. Aber keine Angst, wir werden euch über alles informieren."

„Hm", meinte Karl. Er war etwas enttäuscht darüber, dass alles so reibungslos geklappt hatte. Da klingelte Schockenrieds Handy.

„Ja, Dennis, was gibt's?" Er stellte das Telefon auf Lautsprecher.

„Die beiden Damen Maranelli und Hanselmann, die du uns hast herbringen lassen, sind im Verhör ziemlich schnell eingeknickt, nachdem wir ihnen die Aufnahme unserer beiden Hobbydetektive vorgespielt haben", hörten Marlene und Karl die Stimme des jüngeren Kommissars Rathvan in der Leitung.

„Sie haben alles zugegeben und sich sogar noch die Namen der übrigen Beteiligten aus ihren feinen Näschen ziehen lassen: Angeblich hat sich auch Maranellis Lover, dieser andere Dirigent namens Paolo da Silva, mit in die Sache reinziehen lassen. Er war der Motorradfahrer, der unsere Hobbydetektive im Waldhaus festgehalten und Karls Tablet und sein Smartphone ruiniert hat. Davor hatten er und diese Maranelli laut Aussage zwei fadenscheinige Möchtegern-Detektive engagiert, um Karl und Marlene zu observieren. So kam es zu dem Überfall in der Nacht auf der Waldebene Ost. Die vollständigen Namen der beiden konnten die Damen uns leider nicht nennen, das Detektivbüro sitzt aber wohl in der Charlottenstraße oberhalb vom Olgaeck und heißt Röcker&Partner. Ach ja, und um an die Schlange zu kommen, haben sie tatsächlich diesen armen Tierpfleger bestochen. Der ist wahrscheinlich gerade unterwegs zu uns? Also ehrlich gesagt, Kurt, ich habe die ganze Geschichte immer noch nicht so hundertprozentig kapiert. Ist ja ganz schön kompliziert. Wir können echt froh sein, dass wir diesen Fall nicht lösen mussten!"

Karl grinste. Das ging runter wie Öl.

„Wo hält sich dieser da Silva auf?", wollte Schockenried wissen. Er war inzwischen rechts ran gefahren und hatte gehalten.

„Vielleicht zu Hause, vielleicht in der Oper, vielleicht sonst irgendwo. Dazu wollte sich diese Sängerin nicht weiter äußern. Aber ich glaube, sie wusste es tatsächlich nicht."

„Gut. Und welche Hausnummer hat dieses sonderbare Detektivbüro? Charlottenstraße sagtest du? Da fahren wir jetzt hin. Sind gleich um die Ecke."

Karl rieb sich freudig die Hände. Es passierte also vielleicht doch noch etwas Spannendes.

„Kurt, nein", sagte Rathvan. „Keine Alleingänge. Die beiden könnten gefährlich sein. Warte, bis Tatjana und ich hier fertig sind, und dann begleiten wir dich."

Karl war empört. Er und Marlene waren ja schließlich auch noch da.

„Hören Sie, Kommissar Rathvan! Hören Sie mich?", rief er von der Rückbank aus.

Ein „Äh, ja, Karl, ich höre dich laut und deutlich", kam aus dem Lautsprecher.

„Marlene und ich sind ja auch noch da", sagte Karl. „Der Herr Kommissar Schockenried ist also nicht alleine."

Aus dem Lautsprecher ertönte ein Räuspern. „Nun ja, Karl, das stimmt schon. Aber bei diesem Einsatz sollten weitere für solche Fälle ausgebildete Polizisten dabei sein. Verstehst du?"

Marlene hielt sich aus diesem Gespräch raus. Von ihr aus konnten sie gerne heimfahren und sich mal wieder mit etwas anderem beschäftigen als mit diesem Fall, der ja nun ohnehin vollständig aufgeklärt schien. Sie hatte vorerst genügend Aufregung erlebt.

„Nein, das verstehe ich ganz und gar nicht!", entgegnete Karl. „Bisher sind wir ja auch ganz ohne dafür ausgebildete Polizisten ausgekommen. Schließlich haben wir den Fall fast ganz alleine gelöst."

Der Lautsprecher schwieg. Offenbar wartete Dennis Rathvan darauf, dass sein Vorgesetzter Schockenried ein Machtwort sprach. Dieser atmete einmal tief durch, zündete sich eine weitere Zigarette an und sagte dann: „Dennis, lass gut sein. Wir fahren da jetzt mal hin und schauen uns um. Was soll da schon passieren. Ich pass' auf unsere beiden Nachwuchskommissare auf und nehm' das auf meine Kappe."

Karl triumphierte insgeheim. Dieser Schockenried gefiel ihm. Der andere schien dagegen ein Spießer zu sein.

„Was soll ich dazu jetzt sagen?", fragte Rathvan.

„Gar nichts, Dennis. Sag nur Tatjana erst mal nichts davon, sonst regt sie sich nur unnötig auf", entgegnete Kurt Schockenried und legte bereits den ersten Gang ein, um wieder loszurollen. „Tschau Dennis, bis nachher. Vielleicht bringen wir die zwei Knaben ja gleich mit. Dann hätten wir alle bis auf diesen Dirigenten zusammen. Also – die Hausnummer?"

„Vierzig", ertönte es durch den Lautsprecher. „Tschau."

***

Das Gebäude Charlottenstraße 40 war ein hässliches, graues Haus, in dem unten ein Tabakwarengeschäft, ein Kiosk und ein Dönerladen ihren Platz gefunden hatten. Im Eingang fanden sie tatsächlich ein Klingelschild mit der handgeschriebenen Aufschrift „Röcker&Partner –

Detektivbüro".

„Was für eine Sauklaue", bemerkte Marlene.

„So, ihr beiden", sagte Schockenried. „Ihr haltet jetzt die Klappe und lasst mich machen, alles klar? Auch du, Karl. Ich will von dir kein Wort hören, außer wenn ich dich ausdrücklich dazu auffordere."

Karl nickte, und der Kommissar betätigte die Klingel.

„Ja?", ertönte es kurz darauf aus der schmutzigen Sprechanlage.

„Guten Tag, Hartmut Müller mein Name", sagte Schockenried. „Bin ich richtig beim Detektivbüro Röcker&Partner?"

„Ja. Was wollen Sie?"

„Ich habe vielleicht einen Auftrag für Sie. Können wir das vielleicht in Ihrem Büro besprechen?"

„Bitte kommen Sie hoch. Zweiter Stock."

Der Türsummer brummte.

„Vielen Dank", sagte Schockenried und öffnete die Hauseingangstür.

„Äh, Herr Kommissar Schockenried?", flüsterte Marlene, als sie den Hausflur betraten.

„Ja?"

„Wenn die beiden das tatsächlich sind, dann werden sie uns vermutlich wiedererkennen. Sollen wir nicht vielleicht lieber draußen warten?"

„Ganz im Gegenteil", antwortete Schockenried leise. „Genau das ist ja das Interessante an der Sache. Anhand ihrer Reaktion wissen wir sicher recht schnell, ob wir es mit den Richtigen zu tun haben, denn ihr habt ja gesagt, dass sie maskiert waren und ihr sie wahrscheinlich nicht wiedererkennen würdet, richtig?“

„Ja, das stimmt“, antwortete Marlene.

„Also, los geht's“, sagte Schockenried und marschierte die Treppenstufen hinauf.

Karl beobachtete, wie die Hand des Kommissars einen kurzen Augenblick lang auf seiner Waffe ruhte. Er nahm diesen Besuch also durchaus ernst.

Als sie im zweiten Stock ankamen, fanden sie eine angelehnte Tür vor.

„Ihr bleibt immer hinter mir, klar?“, wisperte Schockenried, und Karl und Marlene nickten eifrig. Er schob die Tür auf und ließ ein höfliches „Hallo?“, erklingen.

„Ja, kommen Sie herein. Wir sind hier“, sagte die Stimme, die sie soeben schon über die Sprechanlage gehört hatten.

Marlene glaubte, die Stimme schon einmal gehört zu haben, war sich aber keinesfalls sicher.

Als sie über einen schmalen Gang, von dem mehrere Türen abgingen, das vergilbte, verrauchte, übel riechende und unaufgeräumte Büro betraten, sahen sie sich zwei Männern gegenüber: Einem ziemlich hageren, großen mit Brille und fettigen Haaren und einem ziemlich durchschnittlich aussehenden, der an einem Zigarillo zog.

Beide schauten auf und musterten zuerst den Kommissar und dann die beiden Teenager, die hinter ihm standen. Daraufhin sahen sie sich einen Augenblick gegenseitig an, sprangen wie Flummis von ihren abgewetzten Sesseln hoch und ergriffen die Flucht.

Leider besaß das Büro außer dem Durchgang zum Flur noch zwei weitere Ausgänge – in jeweils gegengesetzte Richtungen, in die die beiden Männer nun verschwanden.

„Halt!", rief Schockenried. „Bleiben Sie stehen! Polizei!" Währenddessen entschied er sich dafür, dem Durchschnittlichen hinterherzurennen.

Karl und Marlene zogen sich indes auf den Flur zurück.

Karl blieb einfach mitten auf dem Gang stehen, während Marlene sich auf der anderen Seite mit dem Rücken an die Wand stellte.

Und schon tauchten die zwei Detektive – wie sollte es auch anders sein – ebenfalls im Gang auf und versuchten, sich zum Ausgang durchzukämpfen.

„Karl! Aus dem Weg!", rief Schockenried, der hinter dem einen her war, und Karl tat, wie ihm geheißen, denn ansonsten hätte ihn der Typ, der wesentlich größer und kräftiger war als er, mit ziemlicher Sicherheit einfach über den Haufen gerannt. Er sprang zur Seite, und der Detektiv, dicht gefolgt von dem Kommissar, fegte an ihm vorbei. Etwa im selben Moment vernahm Karl ein lautes Poltern und kurz darauf ein heiseres Stöhnen: Marlene hatte dem Hageren mit der Brille, der aus der anderen Richtung gekommen war, ein Bein gestellt, so dass dieser eine Bauchlandung hinlegte, die sich gewaschen hatte.

Karl staunte einen Augenblick über Marlene, die sich

nun kampfeslustig auf den Mann am Boden stürzte. Dann sah er wieder auf und merkte, dass der andere Detektiv und Schockenried inzwischen auf und davon waren. Wahrscheinlich hetzten sie gerade durchs Treppenhaus auf die Straße hinunter.

Karl blieb einfach stehen und sah zu, was Marlene tat. Etwas Besseres fiel ihm nicht ein, zumal Handgreiflichkeiten nicht zu seinem Metier gehörten, aber Marlene schien glücklicherweise sehr gut allein zurecht zu kommen, und dieser Schockenried – nun, der konnte wohl hoffentlich auf sich selber aufpassen.

„Karl, gib mir deinen Gürtel!", rief Marlene gerade, als Karl sich dies alles überlegte. Er stutzte und sah Marlene verblüfft an. „Meinen Gürtel? Aber dann rutscht meine Hose!"

„Karl! Deinen Gürtel! Los!", schrie Marlene, die nun doch etwas Schwierigkeiten damit hatte, den Mann am Boden in Schach zu halten.

„Ist ja schon gut", sagte Karl, zog den Gürtel aus den Schlaufen seiner Hose und brachte ihn Marlene. Diese riss ihn ihm aus der Hand und brachte es tatsächlich zustande, dem zappelnden und schreienden Typen damit die Hände auf dem Rücken zu fesseln. Daraufhin versetzte sie ihm mit ihrem Ellbogen eine ordentliche Kopfnuss, und endlich war wieder Ruhe. Aber nur kurz, denn dann kam Kommissar Schockenried wieder hereingestürmt.

„Ist bei euch alles in Ordnung?", fragte er und analysierte in Sekundenschnelle die Situation, die ihn augenscheinlich sehr erleichterte.

„Ja", sagte Marlene, die sich mittlerweile wieder aufgerichtet hatte. „Der hier ist erst mal ausgeknockt. Und was ist mit dem anderen?"

„Der hängt mit Handschellen am Treppengeländer fest", grinste Schockenried. Dann fischte er sein recht altertümlich wirkendes Handy aus seiner Hosentasche, wählte und hielt sich das Telefon ans Ohr.

„Ja, Schockenried hier", sagte er. „Schicken Sie eine Streife in die Charlottenstraße 40. Sofort. Die können bei Röcker&Partner klingeln." Dann legte er wieder auf. „Das dürfte nicht lange dauern", teilte er Karl und Marlene mit, und kurz darauf: „Das habt ihr ja prima hingekriegt, muss ich schon sagen."

„Also, ehrlich gesagt", meinte Karl etwas zerknirscht, „das war Marlene. Sie ist mir, was den sportlichen Einsatz angeht, deutlich überlegen."

Der Kommissar ließ ein röchelndes, kurzes Lachen ertönen. „Na, wie auch immer. Wir haben die beiden. Und allein, dass sie so flott abhauen wollten, als sie euch gesehen haben, dürfte Beweis genug sein, dass sie diejenigen sind, die wir gesucht haben."

Schon ertönten von draußen die Polizeisirenen. Sekunden später hörten sie die Klingel und, nachdem Schockenried den Türsummer betätigt hatte, Fußgetrappel im Treppenhaus. Dann erschienen zwei Uniformierte, eine Frau und ein Mann, im Flur.

„Da sind Sie ja endlich", begrüßte Schockenried seine Kollegen. „Der da braucht noch Handschellen, dann bringen Sie ihn bitte aufs Präsidium Pragstraße, zusammen mit dem im Treppenhaus."

Die Polizistin nickte und näherte sich dem Mann, der immer noch am Boden lag und keinen Mucks von sich gab. „Aber der ist ja bewusstlos", bemerkte sie und sah Schockenried fragend an.

„Ja, dann wecken Sie ihn eben wieder auf. Lassen Sie sich was einfallen", entgegnete Schockenried. Dann wandte er sich wieder an Karl und Marlene: „So, und wir fahren schon mal los. Ich bringe euch jetzt nach Hause, und dann muss ich zurück ins Präsidium."

„Ja, aber …", setzte Karl an, wurde aber sogleich unterbrochen.

„Karl, das reicht für heute. Ich hätte euch überhaupt nicht mit hierher nehmen dürfen, und jetzt wollen wir den Bogen mal nicht überspannen, okay?"

Karl nickte, auch wenn er damit überhaupt nicht einverstanden war. Was sollte er zu Hause? Er wollte lieber bei den Verhören im Präsidium dabei sein! Aber jegliche Einwände hatten jetzt wohl keinen Sinn mehr, das musste er notgedrungen einsehen. Die Sache war also für ihn vorerst gelaufen.

„Da habt ihr ja ein ganzes Verbrechernest dingfest gemacht!", meinte Kommissar Schockenried gut gelaunt, als sie wieder im Auto saßen und Richtung Marienplatz fuhren. „Zwei Damen, die wegen Mordes eingebuchtet werden, ein Tierpfleger, der wegen Diebstahls einer Giftschlange und eventuell sogar Beihilfe zum Mord dran ist, zwei Detektive, die sich wegen Entführung und

Körperverletzung verantworten müssen und schließlich noch ein Dirigent der Stuttgarter Staatsoper, der Entführung, Körperverletzung, Sachbeschädigung und wahrscheinlich auch noch Beihilfe zum Mord auf seiner schmutzigen Liste hat. Ha!“

Karl konnte sich ein Grinsen nicht verkneifen. Das war in der Tat keine schlechte Bilanz für seinen ersten Fall.

ENDE

Karl Kessels 2. Fall: „Eine Leiche für die Katz"

Karl denkt, ihm stünde ein langweiliges Wochenende bevor – weit gefehlt, denn plötzlich taucht auf seinem Nachhauseweg ein schwarzer Kater auf und führt ihn schnurstracks zu seinem ermordeten Frauchen. Zudem findet Karl einen riesigen Edelstein im Haus der Toten, was die Sache umso interessanter macht. Da muss natürlich sofort ermittelt werden! Eine Reihe von Nachforschungen, die er mit seiner gewieften Detektiv-Partnerin Marlene anstellt, decken nicht nur die geheimnisvollen, privaten Verstrickungen des Mordopfers auf, sondern streifen auch eine märchenhafte Geschichte aus dem Reich der indischen Maharadschas. Während die zwei Spürnasen die Stuttgarter Kriminalpolizei an der Nase herumführen und den Mörder suchen, ahnen sie nicht, dass sie selbst in großer Gefahr schweben …